강산의 가얏고

강산의 가얏고

서해문집 청소년문학 038

초판 1쇄 발행 2025년 6월 30일

지은이	원유순
펴낸이	이영선
책임편집	김종훈
편집	이일규 김선정 김문정 김종훈 이민재 이현정
디자인	김회량 위수연
독자본부	김일신 손미경 정혜영 김연수 김민수 박정래 김인환

펴낸곳 서해문집 | 출판등록 1989년 3월 16일(제406-2005-000047호)
주소 경기도 파주시 광인사길 217(파주출판도시)
전화 (031)955-7470 | 팩스 (031)955-7469
홈페이지 www.booksea.co.kr | 이메일 shmj21@hanmail.net

ⓒ 원유순, 2025
ISBN 979-11-94413-47-9 43810

서해문집
청소년문학
038

강산이 가얏고

원유순 장편소설

서해문집

| 차례 |

밤도망 가는 여인 • 7

산이 • 18

살려 주소 • 32

가얏고와 놀다 • 42

때려잡자 빨갱이 • 52

검은 사람들 • 64

하얀 운동화 • 68

함박눈 내리는 밤 • 76

친구 김수한 • 85

나눠 가진 비밀 • 95

어머니 마음 • 104

밟힌 꼬리 • 115

든든한 친구 • 129

어무이, 어딨노? • 138

내가 죽어야 네가 산다 • 151

아버지의 가얏고 • 159

작가의 말 • 169

밤도망 가는 여인

장정이는 온몸의 힘을 끌어모아 걸음을 옮겼다. 포대기로 감싸 업은 경호는 등에서 세상모르고 새근새근 잠이 들었다. 밖은 칠흑 같은 어둠이었다. 한 치 앞을 분간할 수 없었지만 정이는 걸음을 늦출 수가 없었다.

'오, 하느님. 굽어살피소서.'

정이는 입속으로 하느님을 불렀다. 발걸음 하나하나에 신경이 쓰였다. 혹여 개 짖는 소리에 비린 피 맛을 본 마을 사람들이 깨어나 다시 해코지를 할까 봐 등허리에서 식은땀이 죽죽 흘렀다.

정이는 엉망진창으로 부서진 집 안으로 눈길을 돌렸다가 이내 몸서리를 쳤다.

"저년을 죽여라. 저 빨갱이 년을 쳐라."

눈에 핏발이 선 마을 사람들이 몽둥이를 들고 미친개 떼처럼 몰려들었다. 그들은 닥치는 대로 대문을 부수고 세간을 부쉈다. 하얗게 바른 창호지 문이 떨어져 나가고 반질반질 윤기 흐르는 오동나무 문갑이 텅텅거리며 몽둥이세례를 받았다.

"겡상도 문딩이 년이 전라도에 와 호강하며 살았네잉."

이죽거림과 동시에 눈에서 불이 번쩍 일었다. 몽둥이로 정이의 몸을 누군가 후려친 것이다.

"아이구구!"

물푸레나무 몽둥이로 몸을 얻어맞은 정이는 그대로 고꾸라졌다. 하늘이 노랗게 변했다. 이어서 몇 번의 몽둥이찜질로 이어지다가 발길로 이어졌다. 정이는 피투성이가 되어 정신이 가물가물해지면서도 언년이에게 경호를 업혀 내보낸 것이 다행이라는 생각에 안도의 숨을 내쉬었다.

개떼처럼 설레발을 치던 마을 사람들은 정이의 집을 쑥대밭으로 만들어 놓고, 값나가는 물건들을 욕심껏 챙기고는 자정이 넘어서야 물러갔다. 사실 마을 사람들이라고는 하지만 올바른 마을 사람들이 아니었다. 전쟁이 끝나고 어디선가 타관 사람이 섞여 들더니 몇몇 마을 사람들이 변하기 시작했다.

"최갑주 선생이 월북했다던데."

수군수군 눈치를 봐 가며 속삭이던 사람들의 목소리가 점점 높아지기 시작했다.

"최갑주가 빨갱이라며? 빨갱이는 죽일 놈이야. 빨갱이 놈들이 우리를 이 지경으로 만든 거 아니겄소?"

마치 최갑주가 6·25전쟁을 일으킨 장본인이라도 되는 것처럼 말하기 시작한 거였다.

"죽여야제. 아암, 그놈의 마누라, 자식까지 살려 두면 안 되지러."

그들의 눈이 번들거렸다. 그러나 최갑주가 빨간 물이 들기 전 어떤 사람이었는지를 아는 토박이 마을 사람들은 고개를 저었다.

"안 되지라. 최 선생에게 그러면 안 되지라. 그분이 우리에게 을매나 잘해 주었는데 그요. 보릿고개 때 부황 들어 죽어 갈 때 쌀가마니 풀어 울덜에게 나눠 준 것도 그 냥반이랑께."

그러나 이미 눈에 핏발이 선 사람들은 코웃음을 쳤다.

"빨갱이 하는 짓이 다 그요. 낮에는 사람덜 꼬셔 놓고 밤에는 간 빼먹는 승냥이라니께."

"몰라서 하는 말씸이요. 빨갱이가 을매나 모진 것들인데 그라요."

선량하고 순박했던 매화마을 사람들도 모진 전쟁을 겪으면서 이미 마음이 곽곽해져 있었다.

"그 집에 한번 가 보씨요. 쌀가마 쌓아 놓고 먹는당께. 우리는 보리죽도 못 먹는데 떡도 해 먹더고만."

이미 소문은 부풀 대로 부풀어 눈덩이처럼 커져 갔다. 그러더니 그들은 작당을 해서 정이의 집에 우우 몰려들었다. 그게 바로 그제 저녁이었다.

정이는 마을 입구 당산나무 아래에서 잠시 숨을 골랐다. 땀인지 핏물인지 모를 끈끈한 액체가 온몸을 적셨다. 제법 쌀쌀한 봄밤인데도 정이의 몸은 흠뻑 젖었다. 용케도 개가 짖지 않아 무사히 빠져나올 수 있었다. 장승이 부윰하게 떠서 정이를 내려다보고 있다. 매화마을을 지킨다는 천하대장군과 지하여장군이었다.

정이는 경상도 청도에서 가마를 타고 시집오던 때를 떠올렸다. 다리쉼을 하면서 가마꾼들이 장승에게 허리를 굽혔다.

"우리 아씨, 잘 굽어살펴 주소서. 경상도에서 전라도로 시집가는 우리 아씨, 제발 무사하고도 편하게 살도록 그저 장승님네들, 보살펴 주소서."

정이를 젖 먹여 키운 젖어미 영양댁이 장승에게 빌었다. 정이는 영양댁이 하는 말을 가마 안에서 듣고는 홀로 눈물지었다. 그러나 정이는 슬프지 않았다. 마음으로 사모했던 최갑주에게 시집을 간다는 게 꿈만 같았기 때문이다.

최갑주를 먼발치서 보고 정이는 단박에 반해 버렸다. 훤칠하고 잘생긴 미남이었다. 최갑주는 젊은 날의 호기로움으로 전국을 유랑하고 있었다. 전라도는 물론이요 부산에서 거창으로 청도로 경상도를 유랑하는 중이었다. 그가 우연히 정이네 사랑채에 며칠 머무는 동안 정이는 어찌나 가슴앓이를 했는지 모른다. 그렇게 두어 주일을 머물다 간 최갑주였다. 최갑주가 떠난 후 정이는 밤마다 마음을 달래며 가얏고를 탔다. 가얏고 가락을 따라 눈앞에서 최갑주가 일렁였다.

그러던 어느 날, 뜻밖에도 전라도 구례에 사는 최씨 성을 가진 집안에서 청혼이 들어왔다. 정이의 집안은 뜻밖의 청혼에 발칵 뒤집혔다. 그것도 경상도가 아닌 전라도라는 말에 집안 어른들의 걱정은 이만저만이 아니었다.

그러나 정이의 아버지는 곧 최갑주의 사람 됨됨이를 믿었다. 그리고 흔쾌히 혼사를 허락했다.

그렇게 구례로 시집온 지 만 오 년!

그동안 참으로 알콩달콩 잘 살았다. 가세도 넉넉하여 배곯는 일도 없었다. 최갑주는 마음도 따스했다. 정이뿐만 아니라 마을 사람들에게도 인심이 후했다. 특히 남편과 함께 사랑에 앉아 가야금을 연주할 때면 정이는 천상의 여인이나 된 것처럼 행복했다.

그런데 천만뜻밖에도 남편이 편지 한 장 달랑 남겨 놓고 온다간다 말 한마디 없이 사라진 것이다. 남편이 빨간 물이 든 공산주의자라는 것은 이미 알고 있었지만, 그게 그렇게 무서운 사상인 줄 몰랐다. 아내와 자식까지 버리고 떠날 줄은 정이는 꿈에도 생각하지 못했다.

"참으로 매정하오."

정이는 장승을 올려다보며 눈물지었다.

"마을만 지키지 말고 내도 좀 지켜 주소."

정이는 장승에게 눈을 흘겼다. 왕방울만 한 눈을 홉뜨고 먼발치만 내다보고 있는 장승, 난리도 막지 못한 장승. 그 난리 통에도 저 혼자만 버젓이 살아 있는 장승이 오늘은 미워서 눈을 흘긴 거였다.

정이는 아기를 싼 포대기를 한 번 추어올리다가 그만 '악' 소리를 내뱉고 말았다. 온몸이 아프지 않은 데가 없었다. 매 한 번 맞지 않고 지금까지 살아온 정이였다. 그런데 그 모진 매를 맞고도 살아 있는 것이 기적이었다. 앞날에 어떤 고난이 펼쳐질지 알 수 없었다. 그래도 죽지 않고 살아야 했다. 등에 업은 경호 때문이었다. 세상모르고 새근새근 편한 잠을 자는 아기 때문에 어떤 모진 고초라도 이겨 내야 했다.

정이는 발걸음을 떼었다. 머지않아 동이 터 올 터였다. 동이 트기 전에 매화마을을 완전히 빠져나가야 했다. 정이는 잰걸음을 놓으면서도 품속에 깊숙이 간직한 주머니를 몸으로 느꼈다. 주머니 속에는 금붙이 몇 개가 들어 있었다. 시집올 때 남편이 예물로 준 금가락지 한 쌍과 금비녀였다. 요긴할 때, 가장 필요할 때 사용될 귀중한 물건이었다.

정이는 걷고 또 걸었다. 피딱지가 말라붙은 입술과 시퍼렇게 멍이 든 얼굴을 사람들이 이상하게 볼까 봐, 되도록 낮이 아닌 밤을 택했다. 낮에는 깊은 숲에서 잠을 잤다. 해동이 된 지도 꽤 오래전이라 숲에는 어느덧 봄기운이 완연했다. 뾰족뾰족 움트는 싹들, 이제 겨우 머리만 내놓은 나물을 뜯어 입안에 넣고 씹었다. 그래야 젖이 나올 터였다. 경호는 다행히도 잘 먹고 잘 잤다.

정이는 정처 없이 북쪽을 향해 걸었다. 마음 같아서는 청도 친정으로 가고 싶었지만 거기도 이제는 예전의 친정이 아니었다. 난리 통에 부모님이 돌아가시고 오빠 둘은 전쟁터에 나갔다가 큰오빠는 전사했고, 작은오빠는 상이군인이 되었다는 소식을 들었다. 그들의 삶이 어떨지 불을 보듯 빤했다. 가 봐야 군식구밖에 될 수 없으니 반겨 줄 것 같지 않았다. 또한 빨갱이 남편을 둔 처지였으니 얼굴을 들고 친정 식구를 어찌 보랴 싶었다.

그래서 정이는 북쪽을 택했다. 남편이 갔다는 이북과 가까이 있고 싶은 소망이 정이의 발걸음을 그쪽으로 옮기게 만들었다. 혹시라도 그럴 일은 없겠지만 다시 전쟁이 나서 남편이 이남으로 내려온다면 가장 빨리 만나고 싶었다.

그곳이 어딘지 정확하게 알지 못했으나 정이는 쉬지 않고 걸었다. 그러나 생나물로만 끼니를 때울 수는 없었다. 정이의 뱃가죽은 이미 등에 붙은 지 오래였고, 젖이 나오지 않은 지도 꽤 되었다. 배가 고픈 아기가 마른 젖꼭지를 빨아 대는 바람에 젖꼭지가 헐어 쓰리고 아팠다.

오늘은 무슨 일이 있어도 배에 곡기를 넣어야 했다. 정이는 망설이다 용기를 내어 민가를 찾아갔다. 싸리 울타리가 아늑하고 마당이 비교적 깨끗한 집이었다.

"저어…여…."

며칠 굶어 뱃가죽이 등에 붙었어도 그놈의 체면이 목구멍을 막았다. 목소리가 한없이 기어들어 갔다. 다시 아랫배에 힘을 주어 보았다.

"여…보세요. 안에 누구 없소?"

목청을 돋워 두어 번 소리쳤을 때야 안에서 인기척이 났다. 그러더니 여남은 살 먹어 보이는 계집아이가 문을 열고 나왔다. 누런 콧물이 계집아이 코에서 흘러나왔다.

"어른들 안 기시나?"

정이가 계집아이에게 물었다. 계집아이가 고개를 흔들었다. 그때 가마때기를 엮어 만든 부엌문을 열고 한 아낙이 나오다가 정이를 보았다.

아낙의 눈에 정이를 경계하는 빛이 역력했다. 정이를 아래위로 훑어보던 아낙이 마당 가에 있는 몽당빗자루를 집더니 소리쳤다.

"비렁뱅이가 어디 와서 수작이여? 어여 못 나가?"

아낙은 몽당빗자루를 홰홰 휘두르며 여름날 똥파리 쫓듯 정이를 내몰았다. 정이는 그대로 밀려날 수밖에 없었다. 그 바람에 밥을 얻을 용기마저 푹 꺾였다.

"너 나 할 것 없이 힘들고나."

그랬다. 휴전이 된 지 이제 겨우 두어 달 지났으니, 누군들 제 정신이랴. 누군들 남에게 나눠 줄 양식이 있으랴 싶었다. 그렇더라도

한 번 더 용기를 내야 했다. 경호를 위해서라도 죽을 수는 없는 일이었다.

정이는 다른 집을 기웃거렸다. 그때 어디서 몰려왔는지 동네 조무래기들이 우르르 몰려들었다.

"미친년이다."

누군가의 입에서 빠져나온 말이었다.

"미친년, 미친년."

조무래기들이 일제히 소리치며 정이를 향해 돌팔매질을 하기 시작했다. 얼핏 보니 조금 전에 보았던 누런 콧물의 계집아이도 섞여 있었다. 아이들이 던진 돌팔매가 정이의 종아리에 맞았다. 견딜 수 없이 아팠다. 그보다도 미친년, 거지라는 말이 더 아팠다.

"그지, 그지, 상그지."

아이들이 합창하듯 놀렸다.

정이는 경호를 둘러업고 종종걸음을 쳤다. 멀리 숲이 보였다.

"그래, 산으로 가자. 숲으로 가자."

이 땅에서 산이나 사람, 모두 힘들고 어려운 시절을 보낸 것은 똑같았다. 그러나 산과 숲은 척박하나마 정이 모자를 받아 주었다. 그리고 제가 가진 것을 미흡하나마 나누어 주었다. 정이는 푸릇푸릇 연둣빛으로 물들어 가는 산을 향해 종종걸음을 쳤다.

그러다 어느 순간 정이는 그만 앞이 아득해져 고꾸라지고 말았다. 등허리에 떨어질 듯 매달렸던 경호가 땅바닥으로 곤두박질쳤다. 아기는 자지러지게 울음을 터뜨렸다. 정이는 아기를 달랠 기력조차 남아 있지 않았다.

"경호 아배요. 제발 좀 살펴 주소."

간신히 눈을 들어 하늘을 보았다. 어둑한 밤하늘에 저녁 별이 하나둘 돋아나고 있었다. 짓무른 눈가에서 뜨거운 눈물이 솟았다. 까무룩 정신을 잃었던가, 싶었다. 선득한 기운에 정이는 정신이 번쩍 들었다. 경호가 없었다.

"경호야! 경…호!"

두리번거리며 황급히 사방을 살폈다. 멀지 않은 곳에 거짓말처럼 아기가 앉아 있었다.

"아가, 내 아가."

정이는 기다시피 하여 경호가 있는 곳으로 다가갔다. 뜻밖에도 경호가 앉은 자리 옆에는 샘이 솟고 있었다. 정이는 한 손으로 경호를 낚아채듯 잡고는 그대로 곤두박질치다시피 하여 샘물 속으로 코를 박았다. 맑고 시원한 물이 목구멍으로 꿀떡꿀떡 넘어갔다. 얼마나 마셨을까. 캄캄했던 눈이 환하게 밝아진 느낌이었다.

"틱틱!"

경호가 고사리 같은 손으로 무언가를 두드리며 놀고 있었다. 길쭉하고 거무스름한 것이 땅속에서 비죽이 얼굴을 내밀고 있었는데 경호가 작은 손바닥으로 두드릴 때마다 그것은 '틱틱' 소리를 냈다.

"뭐꼬, 이게?"

정이는 그 물체를 손으로 쑥 잡아 뺐다. 낡은 헝겊 뭉치 속에서 기다란 나무통 하나가 쑥 빠져나왔다. 그 순간 정이는 온몸의 피돌기가 그대로 딱 멈춰 버린 것 같았다.

"세상에나, 세상에나…."

정이의 손이 파들파들 떨렸다.

"경호 아배요!"

정이는 외마디 소리를 내지르며 그것을 가슴으로 안아 들였다.

산이

"어무이!"

산이는 쪽문 앞에 쪼그리고 있다가 발딱 일어나 쪼르르 달려갔다. 이름을 부르며 안아 주기를 기대했던 산이는 그 자리에 멈칫서 버렸다. 어머니가 낯선 사내와 함께였기 때문이다.

"나가 놀아."

어머니가 산이를 보고 입술로만 말하며, 눈짓을 보냈다. 산이는 어머니와 눈길을 주고받으며 고개를 설레설레 저었다.

"얼른!"

어머니는 윗니로 아랫입술을 사리물면서 낯선 사내 몰래 주먹을 들었다 놓았다. 산이의 눈에는 금세 눈물이 그렁그렁 고였다. 어머니는 사내와 함께 집 안으로 들어갔다. 키가 껑충하니 크고 머리가 노란 남자였다. 남자의 입 주변에 뭉실뭉실 돋아 있는 수염도

누르스름했다. 요 몇 달 사이 어머니가 노랑머리 사내들을 제법 데려왔다. 매번 다른 사람이었지만, 산이 눈에는 그 사람이 그 사람처럼 얼굴을 가릴 수 없을 정도로 비슷비슷했다.

해종일 부엌 쪽문 앞에서 어머니를 기다렸건만 어머니가 산이를 실망하게 하는 일은 자주 있었다. 어쩌다 어머니가 김이 모락모락 나는 국화빵을 한 봉지 들고 와 안겨 줄 때도 있었다. 그러나 오늘은 그런 행운마저 없었다. 산이는 노랑머리 사내의 뒤통수에 대고 하얗게 눈을 흘겼다.

'미친놈, 뭐 하러 또 왔노?'

산이는 고개를 푹 숙이고 시적시적 골목으로 나왔다. 늦가을 바람이 개구쟁이처럼 골목을 휙 헤집으며 들어왔다. 길 가장자리에 웅크리고 있던 낙엽과 쓰레기가 뒤엉키면서 한꺼번에 날아올랐다. 누군가 낙엽 더미 위에다 똥을 누었는지 구린내도 섞여 날아왔다. 산이는 터벅터벅 골목을 걸었다. 발보다 큰 검정 고무신이 벗겨질 듯 헐떡거렸다.

산이가 멈춘 곳은 골목 끝 공터였다. 일제 때 왜놈 앞잡이가 살던 집이라는데 앞잡이는 동네 사람들에게 몽둥이세례를 받다가 죽음을 맞이했고, 그 식솔들은 집을 버리고 어디론가 떠나 버렸다. 그러다 한국전쟁 때 다시 폭격을 맞아 폭삭 주저앉고 말았다. 한때는 인근 마을에서 가상 큰 집이었다.

산이 또래의 고만고만한 개구쟁이들이 공터에서 전쟁놀이를 하고 있었다.

"따쿵따쿵!"

"따발총이닷. 다다다닷!"

개구쟁이들은 거뭇거뭇 숯검정이 되어 내려앉은 서까래 뒤에 숨었다. 몸을 드러내며 막대기 총을 쏘아 댔다. 아이들의 얼굴은 먼지로 뽀얗고, 낡은 옷은 진흙과 숯검정이 묻어 꼬질꼬질했다.

"빨갱이 잡아랏!"

기다란 막대기를 총처럼 겨누고 개구쟁이 하나가 소리치자, 무너진 흙담 뒤에 숨어 있던 아이들이 일제히 우르르 일어났다.

"빨갱이 잡아라!"

개구쟁이들은 달려갔다 달려오기도 하고, 숨었다 나왔다 하며 신나게 전쟁놀이를 즐겼다.

'쳇, 빨갱이가 뭔 잘못을 했다꼬 저 지랄이가?'

산이는 입을 비쭉이며 공터 입구에 쪼그리고 앉았다. 심사는 뒤틀렸지만 아이들이 '다다다' 총을 쏠 때는 저도 모르게 엉덩이를 들썩이며 총 쏘는 시늉을 했다. 솔직히 산이는 그들 무리에 끼고 싶었다. 그러나 언감생심 말조차 붙이지 못했다.

"어? 저기 양갈보 새끼 있다."

한 아이가 총으로 쓰던 막대기를 내리더니 산이를 손가락으로 가리켰다.

"양갈보, 똥갈보래요."

그러자 개구쟁이들 모두 산이를 놀리기 시작했다.

"우리 어무이 양갈보 아니다."

산이가 눈을 부릅뜨며 씨근거렸다.

"헬로, 헬로, 양키, 양키. 쪽쪽."

개구쟁이들은 알아들을 수 없는 말과 몸짓을 섞어 가며 산이를 빙 둘러쌌다. 한두 번 당한 일도 아니건만 놀림을 당할 때마다 분노와 당혹감이 버무려져 산이를 힘들게 했다. 그때 한 아이가 총으로 사용했던 막대기로 산이의 옆구리를 폭폭 찔렀다.

"헤이, 양키. 헬로 해 봐."

"헬로, 헬로, 짭짭."

또 다른 개구쟁이가 산이의 머리를 막대기로 탁탁 때렸다. 산이는 손을 들어 막대기를 막았지만 아이들이 한꺼번에 달려드는 통에 당해 낼 수가 없었다. 한참이나 씩씩거리던 산이는 드디어 버티지 못하고 비죽비죽 울음을 터뜨렸다.

"헤헤, 양갈보 새끼가 운다. 양갈보, 똥갈보…."

아이들이 합창하듯 소리를 내며 산이를 놀렸다. 산이는 그 자리에 주저앉아 얼굴을 무릎 사이에 묻었다. 아이들은 양갈보, 똥갈보라며 막대기로 산이를 쿡쿡 찔러 대고, 발로 차기도 했다. 꾹꾹 눌러두었던 분노가 조금씩 고개를 쳐들었다. 산이는 주먹을 불끈 쥐고 아이들을 노려봤다. 여차하면 머리로 들이받을 생각이었다. 그러나 워낙 수적으로 밀리는 상황이라 섣불리 덤벼들지 못했다. 까딱하면 몰매를 맞기 십상이었다.

그때 길가 쪽을 힐끗 보던 한 아이가 소리쳤다.

"저기 깜둥이다."

군복을 입은 흑인 병사를 보자 산이를 놀리던 개구쟁이들이 우르르 달려갔다.

"헬로, 헬로. 짭짭."

한 아이가 손바닥을 벌리며 흑인 병사에게 다가갔다.

"헬로, 헬로, 초꼬렛, 초꼬렛."

다른 아이도 손바닥을 벌리며 흑인 병사 뒤를 졸졸 따라갔다. 흑인 병사는 귀찮게 따라붙는 아이들을 하루살이 쫓듯 손을 홰홰 젓다가 당해 낼 수 없다는 듯, 입맛을 다셨다. 그리고 주머니에서 무언가를 꺼내 길바닥에 던져 주었다. 아이들이 벌떼처럼 몰려갔다. 아이들은 앞을 다투어 길바닥에 떨어진 껌과 초콜릿을 집어 들었다. 아이들의 입가에는 만족스러운 웃음이 아침이슬처럼 조롱조롱 매달렸다.

산이는 소리 내지 않고 씹어 뱉었다.

'거지 같은 놈들.'

산이는 아이들이 안 보는 틈을 타서 혀를 날름 내밀었다. 그리고 주머니 속에 손을 넣었다. 오늘따라 초콜릿은커녕 껌 조각 하나 잡히지 않았다. 만일 있었다면 저 거지 같은 개구쟁이들에게 흑인 병사처럼 보란 듯이 던져 주고 싶은 마음이 연기처럼 뭉게뭉게 피

어올랐다.

산이는 어깨를 한번 으쓱하고는 천천히 몸을 돌려서 느적느적 걸었다. 최대한 시간을 벌어 보려고 애썼다. 속으로 어머니와 같이 온 노랑머리 코쟁이 군인이 어서 돌아가기를 바라면서.

아무리 천천히 걸어도 금세 부엌 쪽문 앞에 다다랐다. 산이는 쪽문에 귀를 대고 안을 엿보았다. 간드러진 웃음소리가 새어 나왔다. 어머니는 산이를 두고는 한 번도 저런 웃음을 보인 적이 없었다. 코쟁이 앞에서 웃는 어머니의 웃음소리는 왠지 가을바람처럼 쓸쓸했다.

산이는 쪽문에서 떨어져 나와 문 앞에 쪼그리고 앉았다. 늦가을 바람은 허름한 옷섶을 헤집으며 송곳처럼 파고들었고, 어둠은 성큼 다가와 앞을 가렸다. 산이는 간절한 눈빛으로 희끄무레한 창문을 바라보았다. 낡은 창호지 문은 조금씩 저녁 어스름 속으로 잠겨들었다. 산이는 어깨를 움츠리고 몸을 둥글게 말았다. 그래도 덜덜 떨려 왔다.

조금 있자니 창문이 환하게 밝아졌다. 안에서 남폿불을 켠 모양이었다. 땟국에 절은 창호지 문도 남폿불을 받으니 노란 꽃등처럼 환했다. 이어서 '똥기동, 똥기동' 악기 소리가 흘러나왔다. 산이는 창호지 문에 비친 노란 불빛과 똥기동거리는 가야금 소리에 한동안 넋을 잃었다. 어느새 추위는 저만치 밀려가고 말았다.

얼마쯤 지났을까. 문이 열리고 코쟁이 군인이 나왔다. 어머니는 분홍 꽃무늬가 박힌 군청색 뉴똥 치맛자락을 여미며 뒤따라 나왔다.

"빠이빠이."

어머니가 손을 흔들었다. 노랑머리 군인은 가려다가, 뒤돌아서 어머니를 향해 엄지손가락을 세웠다.

"원더풀, 제인!"

코쟁이가 말했다. 어머니가 웃으며 손을 흔들었다. 코쟁이가 어둠 속으로 사라지자, 어머니는 집 모퉁이에 숨어서 빼죽 얼굴을 내밀고 있는 산이를 손짓해 불렀다. 산이는 윤기가 자르르 흐르는 알밤을 발견한 다람쥐처럼 쪼르르 달려가 어머니 치맛자락을 움켜잡았다.

"드가자."

어머니는 산이의 언 손을 그러잡았다. 살갗에 닿는 어머니 손도 산이 손처럼 차디찼다. 그래도 산이는 세상에서 어머니 손이 제일 따스하다고 느꼈다.

"춥제?"

산이가 고개를 끄덕였다. 남폿불이 일렁이는 방 안으로 들어서자 가야금이 방 한가운데 썰렁하니 누워 있었다. 방금 어머니가 코쟁이 군인을 앞에 두고 연주한 것이었다. 어머니는 누워 있던 가야금을 집어 방구석에 세워 놓았다.

어머니가 손가방을 뒤져 무언가를 꺼내 산이에게 내밀었다. 초콜릿과 소시지였다. 산이 얼굴이 꽃등을 본 듯 환해졌다.

"배고프니께 우선 묵으라. 어서 밥 차려 주꾸마."
"어무이, 이제…, 그만 데꼬 와라."
어머니는 산이를 물끄러미 바라보다 주먹으로 산이의 머리를 콕 쥐어박았다.
"안 델꼬 오믄…, 니 뭐 먹고 살래?"
"쳇, 그 사람이 밥 먹여 주나? 애들이 양갈보라고 놀린다."
"쪼그만 게 뭐 안다고 씨부려 쌌노?"
어머니는 들은 척도 않고 부엌으로 나가 개다리소반에 밥을 차려서 들어왔다. 보리밥에 신 김치보시기가 전부였다.
"못 돼 묵은 아새끼덜이 뭐라꼬 씨부려 싸도 못 들은 척해라."
"어떻게 못 들은 척하노? 내는 놀이판에 끼어 주지도 않는다."
"혼자 놀그라, 어여 밥 안 묵나?"
어머니가 숟가락으로 산이의 머리를 콩 때렸다. 산이는 이맛살을 찡그리며 어머니를 노려보았다. 그러나 어머니는 산이 따위는 안중에도 없다는 듯이 부지런히 숟가락질을 했다.
"니 안 묵으믄 그만 치워 삐린다."
어머니는 어느새 밥사발을 비우고, 퉁명스럽게 말했다. 그제야 산이는 부지런히 숟가락을 놀렸고, 볼이 미어지게 신김치를 입안에 쑤셔 넣었다.
저녁상을 물리고 어머니가 입김을 불어 남폿불을 껐다.
"자자."

어머니가 산이에게 등을 보이며 돌아누웠다. 산이는 눈을 뜨고 오랫동안 천장에 어리는 달빛을 바라보다 까무룩 잠에 빠져들었다.

산이는 문득 이상한 낌새에 잠에서 깨었다. 오줌이 마려웠는지, 이상한 소리 때문이었는지 확실히 알 수 없었다. 방 안이 훤했다. 아침인가 싶어 두 눈을 꿈적거리다가 창호지 문으로 스며든 달빛 때문이란 걸 금세 알아챘다. 한밤중까지 달이 있는 걸로 보아 보름인가 보았다.

어둠 속을 두리번거리던 산이는 일어나 앉아 있는 어머니를 발견했다. 달빛에 비친 어머니의 모습은 왠지 모르게 섬뜩했다. 희고 반듯한 이마는 흘러내린 머리칼로 어지러웠고, 속저고리 고름은 풀어 헤친 채였다.

"어무…!"

산이는 어머니를 부르려다 입을 다물었다. 어머니 눈에서 흘러내린 눈물이 달빛에 어려 번들번들 빛났기 때문이다. 산이는 눈을 감고 일부러 자는 체했지만, 가슴은 계속 콩닥거렸다.

어머니는 한참이나 그렇게 앉아 있다가 소리 없이 일어났다. 산이는 숨을 죽이고 어머니의 움직임을 눈길로만 따랐다. 어머니는 낡은 장롱을 열어 검은 보자기에 싸인 기다란 물체를 꺼냈다. 가야금이었다. 어머니는 조용히 가야금을 꺼내 무릎에 얹더니, 띠동, 띠동, 안족을 움직여 가며 줄을 골랐다. 어느새 어머니의 옷고름은 단정하게 여며 있었다.

그때 희미하게 사라진 기억 한 자락이 연기처럼 뭉글뭉글 솟아 올라, 또렷한 영상이 되어 산이 눈앞에 살아났다.

"어무이, 저게 뭐꼬?"

언젠가 산이가 장롱 속에 있는 검은 보자기에 싸인 물건을 보고 물었다. 어머니는 대답은 하지 않고 산이를 뚫어져라 바라보았다. 산이는 자기가 뭘 잘못했나 싶어 어머니의 눈길을 피했다. 어머니가 짧게 한숨을 쉬고는 되물었다.

"니 정말 기억 안 나나?"

산이는 영문을 몰라 큰 눈을 껌벅거렸다.

"하기사…. 겨우 돌배기가 뭘 알았겠노?"

산이는 바짝 호기심이 당겨 어머니에게 다가앉았다.

"내가 뭘 어쨌는데? 얘기 좀 해 도고."

어머니는 산이 어깨를 그러잡아 품에 안았다. 달짝지근한 냄새가 어머니의 젖가슴에서 묻어 나왔다. 산이는 어머니 품에 얼굴을 묻었다. 좀처럼 산이를 그렇게 다정하게 안아 주지 않던 어머니였다.

"니 아부지가 북으로 넘어간 기 들통나서였제. 가만있다간 극성시런 사람들에게 니캉 내캉 매타작을 당해 죽게 생겼는기라. 그래서 정처 없이 니를 안고 야반도주하지 않았나?"

"아부지는 와 우리를 버리고 북으로 갔노?"

"니 아부지가 빨갱이가 되어서 그랬다."

"빨갱이는 나쁜 사람이가?"

"모리겠다. 니 아부지는 나쁜 사람 절대 아이다. 없는 사람 불쌍히 여기고, 맘 여린 착한 사람이었다."
"그런데 와 북으로 갔노?"
"거긴 빨갱이 시상이고, 이쪽은 빨갱이라 카믄 때리죽일라 카니 그랬제."
어머니는 산이를 끌어안고 두 팔에 힘을 주었다. 산이는 어머니 품에서 얼굴도 모르는 아버지를 떠올렸다. 우리는 이렇게 힘든데, 빨갱이 세상으로 간 아버지는 행복할까 싶었다.
"니 아부지가 빨갱이라는 거로 누구한테도 말하믄 안 된다. 그라모 니캉 내캉 맞아 죽는다. 이건 죽을 때까지 비밀이다. 알겠나?"
어머니는 산이의 귓속에 대고 속삭였다. 어머니의 입김은 뜨거웠고, 단내가 났다. 산이는 어머니 품에서 몸서리를 쳤다.
"그래 니를 안고 무작정 도망쳤다. 니 아부지가 빨갱이라는 거, 아무도 모리는 여기, 동두천으로 말이다. 그라고 여는 전라도 땅보다 북이 더 가깝다 아이가."
어머니는 오랫동안 산이를 품에 안고 놓아 주지 않았다.
"어무이, 숨 막힌다."
한참 만에 산이는 어머니를 밀어내며 품에서 떨어져 나왔다.
"운냐."
어머니는 희미하게 웃었다.

"어무이, 저기 뭐꼬? 와 이야기하다 딴 길로 새노?"

산이는 검은 보자기에 꼭꼭 싸매 둔 길쭉한 것이 귀중한 거려니 여겼다.

"호호호, 참말로 그랬다."

어머니가 웃었다. 뽀얀 볼에 폭 파이는 보조개가 예뻤다. 어머니는 참 예쁘다. 산이는 그렇게 생각했다.

"니를 업고 며칠씩 굶고 도망가지 않았나? 그런데 충청도 어디쯤에서 그만 내가 쓰러지고 말았다. 니가 미친 듯이 마른 젖꼭지를 빨아 댔지만, 어디 젖 한 방울 나와야 말이제. 그렇게 길바닥에 퍼질러 누워 있는데 니가 품에서 빠져나와 어디론가 뽈뽈뽈 기어가는 기라. 참말로 하늘이 도우려고 그랬는지 거기에 샘이 있더라. 니도 내도 누가 먼저랄 것도 없이 샘물을 퍼마시고 또 마셨다. 그렇게 정신없이 샘물을 마시고 나니 정신이 들더라. 지금 생각해도 그 물이 무신 약수 같기도 하고…. 참 신기한 일이었제."

어느새 산이는 말똥말똥 눈을 뜨고 어머니 말에 귀를 기울였다.

"그란데 말이다. 정신을 차리고 보니 샘 옆에 뭔가 길쭉한 게 처박혀 있더라 말이제. 왜 그기 눈에 띄었는지 알다가도 모를 일이었제. 꺼내 보니 바로 이 가얏고였는 기라. 나는 가얏고를 안고 그만 하염없이 울었다."

산이는 침을 꿀꺽 삼키고 어머니 입만 바라보았다. 가얏고가 무엇인데 그걸 안고 하염없이 울었나 싶어서였다.

"니 아부지가 가얏고를 기가 막히게 잘 탔다. 얼큰하게 술이 들어가면 그야말로 소리가 가슴을 후벼 파는 기라. 하이고, 신선이 따로 읎었제. 그라고 니 아부지랑 내가 마주 앉아 병창을 하믄 온 매화고을 사람들이 가다가도 걸음을 멈추고 들었제."

산이는 어머니와 아버지가 큰사랑에 마주 앉아 가야금을 타는 장면을 머릿속으로 그려 보았다. 한 번도 본 적은 없지만, 어쩌면 보았지만 기억에는 없는 장면이 선명하게 그림처럼 떠오르는 거였다.

"내는 그기 니 아부지가 보낸 거로 믿는다."

굵은 눈물이 어머니의 볼을 타고 주르르 흘러내렸다.

"어무이, 울지 마라."

산이가 손을 뻗어 흘러내리는 어머니의 눈물을 닦아 냈다.

"운냐…. 그기 달도 없고 별만 총총한 밤이었다."

어머니는 산이 앞에서 한 번도 그 가얏고를 꺼내 타지 않았다. 그저 장롱 안에 고이 모셔 두기만 했다. 그런데 어머니가 가얏고를 앞에 두고 줄을 고르고 있었다.

"뚜웅!"

이윽고 힘찬 소리가 천천히 터져 나오는가 싶더니 이내 가락을 타기 시작했다. 어머니 손이 천천히 줄을 타고 흘러내렸다가 빠르게 춤을 추기 시작했다. 산이는 처음 듣는 가락이었다. 노랑머리 코쟁이 앞에서는 단 한 번도 연주한 적이 없는 곡이었다. 그런데도 어딘지 모르게 익숙하게 들렸다. 산이는 왠지 모를 신비감에 몸을 떨었다. 오줌도 잘금 지렸다.

살려 주소

산이 어머니, 장정이는 깊숙이 묻어 두었던 갑사향낭을 꺼냈다. 늘 몸에 지니고 있던 향낭이었다. 봄가을이 되면 정이는 향 좋은 들꽃을 따서 볕에 말렸다. 주로 봄에는 매화, 산수유 등이었고, 가을이면 벌개미취, 감국 들이었다. 그런 들꽃을 곱게 말려 갑사향낭에 넣어 지녔다. 그러면 남편 최갑주는 정이에게 코를 들이대며 말했다.

"당신 몸에서는 늘 꽃향기가 나."

그러나 정이는 한 번도 그것이 갑사향낭에 넣어 둔 들꽃 냄새라는 걸 말하지 않았다.

그 갑사향낭에는 이제 들꽃은 없다. 매화마을을 떠날 때 챙겨 온 금가락지와 금비녀가 말린 들꽃 대신 들어 있을 뿐이다. 어떤 사람은 들꽃보다 금붙이가 들어 있으니 좋아라, 입이 벌어질지 모른다. 그러나 정이는 그 속에 금붙이 대신 들꽃이 한가득이라면 얼마나 좋으랴 싶었다. 시집오기 전, 붉은 갑사댕기 천으로 꼼꼼하게 바느질하고 범나비 무늬를 손수 수놓은 향낭이었다. 정이는 향낭을 조그만 손가방에 챙겨 넣었다. 그리고 집을 나섰다.

볕 좋은 6월, 일요일 오전이었다.

정이는 동두천 읍내로 나가는 버스를 타지 않았다. 버스 삯을 아끼자는 심산이었다. 지금은 한 푼이라도 아껴야 했다. 심란한 세상에서는 돈만큼 좋은 것이 없다는 걸 정이는 요 근래에 뼈저리게 깨닫는 중이었다. 전쟁이 끝나고 지금은 너 나 할 것 없이 어려운 세상이었다. 곤궁한 삶이 사람들에게서 도덕성과 양심을 앗아 가고 있었다.

정이는 근 한 시간을 넘게 걸어 읍내로 들어섰다. 군청 호적계에 근무하는 이국정과의 약속은 낮 열두 시였다. 서둘러 약속 시간보다 일찍 도착한 것은 꿍꿍이속이 있어서였다.

정이는 '제일금방' 현관문을 열었다. 각종 귀금속을 진열한 진열장 안쪽에 구부정한 노인이 앉아 있다가 돋보기 너머로 정이를 뚫어지게 바라보았다. 노인의 눈길이 형형하게 빛났다. 분명 전쟁 전에 전당포를 차려 돈을 긁어모으고, 그 돈으로 고리대금업을 해서 부자가 된 노인의 냄새가 났다.

정이는 금을 사려는 체하며 슬며시 노인에게 다가갔다.

"금 한 돈에 얼매나 합니꺼?"

노인은 돋보기 너머로 정이의 입성을 먼저 훑었다. 실제 금을 살 만한 돈이 있는지 가늠해 보는 눈치였다. 그러다 정이가 제법 돈푼깨나 있는 여인처럼 보였는지, 노인의 얼굴에 금세 비굴한 웃음이 떠올랐다.
"금을 파실라고요? 아니면 사실라고요?"
그 말에 정이는 잠시 주춤했다. 그러다 이내 당당해진 얼굴로 말했다.
"사려고요."
잘못하다가는 제대로 된 금값도 모른 채, 헐값으로 넘기기 쉬웠다. 정이는 속지 않으려고 마음을 다잡았다.
"그럼 가락지가 필요하오, 목걸이가 필요하오?"
노인은 정이의 안색을 살피며 진열장을 들여다보았다. 정이의 눈길도 진열장 안으로 쏠렸다. 오목조목 예쁘게 세공해 놓은 가락지들이 즐비했다. 금반지 가운데 콩알만 한 보석을 박아 놓은 것도 있고, 번쩍번쩍 빛이 나는 다이아몬드 반지도 있었다. 또 목걸이 종류도 각양각색이었다. 진주목걸이, 큼직한 호박을 박아 넣은 것, 청록색 비취목걸이…. 그러나 정이는 그런 보석의 이름을 알지 못했다. 다만 금줄만 이은 금목걸이만 있는 게 아니라는 사실에 주눅이 들었다.
"여…여기 이건 을매요?"
정이는 향낭 속에 있는 금목걸이와 제법 비슷해 보이는 것을 손가락으로 짚어 보였다.

"어디 보자."

노인은 진열장 안에서 목걸이를 집어 들더니 조그만 저울에 올려놓았다.

"석 돈짜리니 사천 환 내슈."

"네에?"

정이는 입을 쩍 벌렸다. 쌀 한 가마에 천 환 정도이니 금 한 돈이 쌀 한 가마 값보다 비싼 셈이었다.

"다…다음에 올게요."

정이는 황급히 고개를 숙이고는 황망히 제일금방을 빠져나왔다. 노인이 바가지를 씌웠다 해도 정이가 가진 가락지 한 쌍과 목걸이를 합하면 어림잡아도 오륙천 환의 값어치는 될 듯싶었다. 그만하면 걱정이 없으리라.

정이는 향낭이 든 가방을 손에 꼭 틀어쥐고 '황금다방'이 있는 계단을 내려갔다. 삐거덕거리는 지하 계단을 내려가자 시원한 냉기가 올라왔다.

다방 안에는 이미 이국정이 나와 있다가 정이를 보자 손을 흔들어 보였다. 이국정은 공무원답게 하얀 남방셔츠에 감색 바지를 입고 있었다. 조금 이른 하절기 복장이었다.

정이는 목례를 하고 이국정의 맞은편 자리에 조심스럽게 앉았다. 전화로 듣던 목소리와는 달리 이국정은 늙수그레한 중늙은이였다. 그렇다면 일제강점기부터 공무원을 해 왔음에 틀림이 없었다. 해방이 되고, 전쟁 후에도 그 자리에 앉아 있다면 재주가 참 좋은 사람이었다.

정이는 자기가 처한 처지도 모르고 이국정에 대해 좋지 않은 인상을 품었다. 틀림없이 일제 앞잡이였을 것이라고 지레 단정을 해 버렸다. 그리고 해방이 된 후 저런 일제 앞잡이들을 청산하지 못한 나라가 무슨 올바른 정치를 할쏘냐며 속으로 비웃고 있었다.

다방에서 일하는 아가씨가 뾰족구두를 또각거리며 걸어왔다.

"뭐 드릴까요?"

"커피 두 잔."

이국정이 정이에게 물어보지도 않고 커피 두 잔을 시켰다. 아가씨는 금세 미적지근한 커피를 가지고 왔다. 이국정은 커피잔에 설탕과 크림을 듬뿍 넣었다. 정이도 커피잔에 설탕과 크림을 넣고 천천히 저었다.

"그래, 어쩔 셈이오?"

쓴 커피가 달콤해질 즈음, 이국정이 막걸리 들이켜듯 커피를 꿀꺽꿀꺽 삼키고 나서 물었다.

"네?"

정이는 손가방을 그대로 꼭 움켜쥐고 있었다. 쉽게 입이 떨어지지 않았다.

"말은 대강 들었소만."

이국정이 정이를 거만하게 바라보았다. 마치 너는 내 손 안에 있으니 까불지 말라는 눈빛으로 보여 정이는 목을 움츠렸다. 달포 전 정이는 수소문 끝에 양주군청 호적계에 있는 이국정을 알아냈고 어렵게 연결이 되었다. 이국정에게는 자신의 호적을 지방에서 동두천으로 옮기고 싶어 그런다는 말로 미리 둘러댔다. 호적이란 법적으로 아무 곳으로 옮길 수 있는 게 아니었다. 태어날 때부터 아버지가 나고 자란 주소지에 호적이 있는 것이었다.

이국정은 지금 그런 줄 알고 있을 터였다. 정이는 어디서부터 어떻게 말을 꺼내야 할지 막막했다. 목이 말라 정이는 찬물 마시듯 단숨에 커피를 들이켰다. 해야 한다. 이왕 칼을 뺐으니 어쩔 수 없다는 심정이 되었다.

"저어, 제게 어린 아들이 하나 있어요."

산이는 이미 열 살이었다. 학교 갈 나이가 지나 있었다. 매화마을에는 산이의 초등학교 입학통지서가 나와 있을 터였다. 입학통지서가 없으니 학교에 보낼 수가 없었다.

"아, 그래요."

이국정은 무심하게 고개를 끄덕였다.

"그런데 그 애를 호적에 올리고 싶어서요."

"호적이요? 누구 호적이요?"

이국정은 의아한 표정으로 눈을 크게 뜨더니, 이내 고개를 끄덕였다.

"아하, 아버지가 없는 아이로군요."

정이의 얼굴이 확 붉어졌다. 아이 아버지가 없다는 말은 아비 없이 낳은 사생아란 뜻과 같은 말이었다.

이국정이 비죽이 웃으며 다시 한번 고개를 끄덕였다.

"그거 맨입으로 힘든 일입니다."

"알고 있어요. 사례는 충분히 하겠습니다."

정이가 다잡아 또박또박 대꾸했다. 자칫하다간 일을 그르칠 수 있는 일이었다.

"아이 아버지라는 사람을 만들어 넣어야 하는 일이라서…. 잘못하면 내 목이 달린 일이외다."

이국정이 설레설레 고개를 저으며 짧은 수염을 쓰다듬었다.

"알고 있습니다. 그러나 아이를 사생아로 만들 수는 없지 않겠어요? 제발 살려 주소."

정이는 이국정 앞에서 경상도 말씨를 버리고 경기도 말씨를 쓰려고 애써 왔다. 이국정에게 자신의 신분을 조금이라도 노출하고 싶지 않아서였다. 그러나 급하니 저절로 경상도 말씨가 튀어나왔다. 정이는 제풀에 놀라 그만 가슴이 툭 떨어졌다.

"그래 얼마나 준비했소?"

이국정이 눈을 가늘게 뜨며 목소리를 한껏 낮췄다.

"제가 가진 것 다 드리겠습니다."

정이는 손가방을 열어 향낭을 꺼냈다. 가방을 여는 손이 달달

떨려서 힘을 주어 눌러야 했다. 그러면서 향낭이 아닌 다른 곳에 금붙이를 넣어 올 걸 그랬다 싶었다. 이국정에게 향낭을 주고 싶지 않았다. 그렇다고 보는 눈이 많은 곳에서 금붙이를 알로 꺼내 줄 수는 없는 노릇이었다.

정이는 향낭을 꺼내 탁자 위에 놓았다. 그리고 이국정에게 향낭을 밀었다.

"여기 금가락지 한 쌍과 금목걸이가 있어요."

그러자 이국정이 손을 내밀어 향낭을 집어 들었다. 그리고 탁자 밑으로 향낭을 내려 슬쩍 열어 보는 눈치였다.

"그럼 이건 선수금이고요. 일 끝나면 이만큼 더 주어야 해요. 그만큼 위험한 일이라서."

이국정이 음흉하게 웃었다.

"그것으로 안 됩니꺼?"

하마터면 칠팔천 환이나 되는 큰돈으로 안 되느냐고 따질 뻔했다. 그러나 정이는 입을 다물었다. 여기서 일을 망치면 죽도 밥도 안 될 일이었다. 칼자루를 쥔 사람은 정이 자신이 아니라, 지금 눈앞에 앉아 있는 이국정이라는 군청의 호적계 직원이었다.

"물론이죠. 잘못하면 내 밥줄이 끊어지는 일이에요. 호적을 내 맘대로 거짓으로 꾸미는 일인데 겨우 금가락지로 될 일입니까?"

이국정은 목소리를 높였다가 이내 낮추었다. 그러나 또렷하게 정이가 확실히 알아듣게 발음했다. 듣고 보니 그랬다. 정이 자신도

쉬운 일이 아니란 걸 알았다. 이국정이 만일 올곧은 공무원이라면 당연히 정이의 청을 거절할 터였다. 그러나 이국정은 그렇게 하지 않았다. 다만 돈을 더 달라는 것이었다. 돈만 있으면 가능하다는 이야기였다. 내친김에 정이는 더 발을 내밀었다.
"그럼 앞으로 삼천 환을 더 마련해 드릴 터이니 제 호적도 새로 맹글어 주소."
이국정이 무슨 말인가 싶어 눈을 부릅떴다.
"아시다시피 제가 친정에서 쫓겨났습니더. 애비 없는 자식을 낳았다고 친정 근처에는 얼씬도 하지 말라는 아버님의 당부가 있었지요. 호적을 파 가라고 하셨지요. 그러니 내 이름과 성을 바꾸고 우리 아기를 내 앞으로 올려 주이소."
정이의 생각은 대담했다. '장정이'이라는 이름 앞에는 언제든 빨갱이 남편 '최갑주'가 있을 터였다. 그러면 아무리 산이의 호적을 바꾼다 해도 산이의 어미로 같이 사는 한, 산이의 본적이 탄로 날 것은 불을 보듯 빤한 일이었다.
"흠, 거 참."
이국정이 말없이 턱을 쓸었다. 딴에는 깊은 시름에 잠겨 있는 것처럼 보였다. 그러나 정이는 속으로 이국정을 비웃었다.
'흥, 아이 호적을 새로 만들 수 있으면 당연히 내 호적도 새로 만들 수 있지 않은가. 그런 걸 가지고 심각한 체하기는.'
한참을 생각에 잠겨 있던 이국정이 빙긋 웃음을 날리며 고개를 끄덕였다.

"좋소. 대신 약속은 꼭 지켜야 하오."

"그럼 언제쯤 될까요?"

"일이 처리되는 대로 연락을 드리리다."

이국정은 흔쾌히 대답하고는 자리에서 일어섰다.

황금다방을 나오자 정이는 몸에 있는 진이 다 빠져나간 것처럼 피곤했다. 그러나 마음만은 그 어느 때보다 가벼웠다. 그동안 가슴을 짓누르던 묵직한 바윗덩이가 깨져 나간 것 같았다.

'이제 되었구마. 이제 산이와 나는 새로 출발하는 거야.'

어느덧 정이의 눈시울이 축축하게 젖어 들었다.

그 후로 정확하게 6개월이 지난 가을의 어느 날, 정이는 새로 만든 호적등본을 받아 들었다. 정이의 이름은 '정은희'로 바뀌어 있었고, 최경호, 즉 산이는 들도 보도 못한 '강민국'이라는 아버지 밑에 '강산'이라는 이름으로 호적에 오르게 되었다.

정이는 새로 만든 호적등본으로 동두천 읍내에 있는 미군클럽 청소부로 취직을 했다.

가얏고와
놀다

산이는 다른 날보다 늦게 잠에서 깨었다. 어느새 아침 햇살이 창문 틈새로 길게 뻗어 들어와 있었고, 햇살을 타고 먼지가 춤을 추고 있었다. 늘 그랬듯이 어머니 자리는 비어 있었다. 어머니는 아침 일찍 클럽으로 나가 청소를 한 다음, 오후나 밤에는 무대에서 노래를 불렀다.

간밤의 일이 꿈결인 양 몽롱하게 되살아났다.

달빛에 앉아 가얏고를 타던 어머니. 번지르르 흐르는 눈물과 젖은 머리카락.

그건 산이가 지금까지 보아 온 어머니와 다른 모습이었다. 어머니의 눈빛이 그렇게 형형하게 빛나는 것을 처음 보았다. 깊이를 가늠할 수 없는 슬픔…. 어머니는 그 속에 깊게 잠겨 있었다.

방 한구석에는 어머니가 간밤에 타던 가얏고가 코쟁이 앞에서 타던 가야금과 나란히 서 있었다. 가얏고와 가야금은 같은 가야금이라도 모습이 서로 달랐다. 하나가 장식이 없는 투박한 농부라면 코쟁이 앞에서 타던 가야금은 왠지 모양을 낸 도시 여자 같았다. 산이는 투박한 농부를 닮은 악기를 가얏고로 부르고, 도시 여자처럼 해끔한 악기는 가야금이라 부르기로 했다.

　가얏고를 보던 산이의 몸이 쩌르르 울었다. 아버지와 어머니가 마주 앉아 가얏고를 타는 모습, 신명 나는 가락, 빨간 백일홍이 잔뜩 핀 마당에 몰려 있는 구경꾼들, 우쭐우쭐 어깨로 춤사위를 넣는 사람들, 곱게 무늬를 수놓은 고급스러운 화문석, 뿔뿔 기어다니며 방긋방긋 웃는 어린 아기. 신기하게 그 모습들이 그림처럼 선명하게 떠올랐다. 눈앞에서 본 것처럼 갓난아기의 기억을 떠올린다는 것은 상식적으로는 불가능한 일이었다. 그러나 산이는 그렇게 기억했다. 비록 그것이 만들어진 상상이라 할지라도.

　얼굴도 모르는 아버지, 북으로 갔다던 아버지가 문득 너무나 보고 싶었다.

　'어무이도 아부지가 보고파서였을까?'

　어젯밤 어머니는 눈물을 흘리며 가얏고를 탔다. 갑자기 산이는 오소소 추위를 느꼈다.

　어머니가 자기를 버리고 아버지를 찾아 북으로 가 버렸을지도 모른다는 불안감이, 바로 그때, 차바람처럼 온몸을 휘감았다.

　산이는 벌떡 일어나 장롱 문을 열었다. 낡은 장롱 서랍을 열고 몇 안 되는 옷가지들을 꺼냈다. 어머니가 노래를 부를 때 입는 하늘하늘한 옷들이었다. 분홍, 노랑, 파랑의 화려한 원색 옷들은 부드럽고 야들야들했다. 꼭 쥐면 한 줌도 안 될 정도로, 부피도 무게도 없었다. 마치 잠자리 날개처럼 가벼웠다. 산이는 그 옷들을 꺼내 방바닥으로 팽개쳤다. 그리고 서랍 밑바닥에 손을 넣었다. 드디어 창호지로 꼭 싸맨 뭉치가 나왔다. 어머니가 노랑머리 코쟁이를 데려와 가야금을 연주하고 얻은 딸라였다.

딸라 뭉치를 보자 저도 모르게 안도의 한숨이 흘러나왔다. 후당당거리던 가슴이 조금은 가라앉았다. 어머니가 딸라를 놔두고, 자식까지 팽개치고 아버지처럼 북으로 갈 리가 없다는 확신이 생겼다. 그제야 산이는 가슴을 쓸어내렸다. 방바닥에 널린 잠자리 날개 옷들을 주섬주섬 집어 다시 서랍에 넣어 두고 부엌으로 통하는 쪽문을 열었다.

개다리소반 위에 불그스름한 보자기가 덮여 있었다. 어머니가 일터에 나가기 전 차려 놓은 산이의 아침상이었다. 산이는 반찬 국물에 절은, 얼룩덜룩한 보자기를 얼른 제쳤다. 어제도 그제도 먹었던 신김치 한 보시기와 보리밥 한 덩이가 담긴 밥사발이 전부였다.

신김치 냄새를 맡자 산이는 급격하게 허기를 느꼈다. 숟가락을 들고 허겁지겁 보리밥을 퍼먹었다. 산이가 끄윽, 트림을 하며 막 숟가락을 놓으려 할 때였다.

"양갈보, 똥갈보 새끼. 나와라."

문밖에서 한 떼거지 아이들이 몰려와 소리를 질렀다. 동네 개구쟁이들은 심심하면 몰려와 산이의 심사를 긁고는 했다. 오늘 아침도 어지간히 심심한 모양이었다.

'개새끼들, 얌전히 학교나 갈 일이지.'

산이는 숨을 죽이고, 바깥쪽으로 귀를 열어 놓았다.

"양갈보, 똥갈보. 코쟁이 똥구멍이나 핥아라."

한 아이가 약을 올리자, 아이들이 낄낄거렸다.

'이 새끼들, 나가서 팍 죽이 뻐리까?'

문득 속에서 부아가 치밀면서 주먹에 힘이 들어갔다. 배가 부르니 불끈 용기가 솟는 모양이었다. 산이는 살금살금 무릎걸음으로 기어서 문틈으로 밖을 내다보았다. 어깨에 책보를 멘 산이 또래 아이들 서넛이 시시덕거리고 있었다.

"양갈보 새끼야, 안에 있으면 나와라."

"이 새끼, 안 나와."

누군가 부엌 쪽문을 발로 걷어찼다. 순간 꾹꾹 눌러두었던 덩어리 하나가 산이의 목울대를 치며 올라왔다. 동시에 부엌 쪽문도 화다닥 열렸다.

"나왔다. 으쩔래?"

산이의 기세에 아이들이 주춤 뒤로 물러섰다. 그러다가 제법 얼굴이 투실한 놈이 주먹을 쥐고 산이 앞으로 나섰다.

"아쭈, 요 똥갈보 새끼가 어딜?"

눈 깜짝할 새도 없이 투실한 놈이 산이의 얼굴에 주먹을 날렸다. 먼저 예상하고 힘을 주어 버텼지만, 산이는 송판으로 만든 쪽문에 뒤통수를 부딪치고 말았다. 눈에서 불이 번쩍 일었다. 산이는 곧 벌떡 일어나 달려들었다.

"야아!"

산이가 기합을 넣으며 대포알처럼 머리를 들이밀자, 투실한 놈도 뒤로 나동그라졌다. 그러자 몰려 있던 아이들이 한꺼번에 산이에게 대들었다. 치고받고, 뒹굴었다.

"똥갈보 새끼가 까불어."

아이들은 손바닥을 툭툭 털며 히죽이 웃었다. 그러고는 길바닥에 던져 버린 책보를 다시 메고는 학교를 향해 떠나갔다.

산이는 멀어져 가는 아이들의 뒷모습을 쏘아보았다. 볼이 얼얼하고, 엉덩이가 쑤셨다. 입안에 찝찔한 액체가 흘러들었지만, 산이는 울지 않았다.

"어무이는 와 미군들 앞에서 노래를 불러 가꼬 양갈보 소리를 듣노?"

누구에겐지 모를 분노가 속을 치받으며 올라왔다. 코쟁이 앞에서 노래를 부르는 어머니와 놀리는 아이들, 둘 다 미웠다. 산이는 입술 사이로 침을 찍 뱉었다. 핏물이 바닥에 떨어졌다. 엉덩이를 털고 부엌으로 들어왔다. 세숫대야에 찬물 한 바가지를 부어 얼굴을 씻었다. 손으로 만져 보아도 눈두덩이 두툼했다. 맞아서 부은 모양이었다. 입술도 쓰라렸다.

어머니는 코쟁이들 앞에서 잠자리 같은 옷을 입고 '한 많은 미아리 고개' 같은 신식 노래를 불렀다. 가끔은 코쟁이를 집으로 데려와, 가야금을 타면서 소리도 했다. 그러면 더 많은 돈을 벌 수 있다고 했다.

"소리 좋아하는 코쟁이가 특별히 있제. 그놈들 보며 내는 산다."

어느 날 어머니가 가방에서 초콜릿을 한 움큼 쏟아 내며 말한 적이 있었다.

"코쟁이 있는 데 말고 다른 데서 노래해라."

산이가 투정을 부렸다.

"그래도 거기가 젤로 안전하다. 왜냐하면 코쟁이들은 바보거든. 조선 사람을 보면 누가 누군지 잘 구별 몬 한다 아이가. 이름도 잘 모리고. 어무이 이름도 '강정이'가 아니라, 제인 아이가. 제인이…. 니랑 내는 이 땅에서 이름도 숨기고 얼굴도 숨기고 살아야 하는 죄인이제. 그러니 이름도 죄인이제. 크크크."

어머니가 입술을 비틀며 웃었다. 폭 팬 보조개가 일그러졌다.

"우리가 와 죄인이가?"

산이가 볼멘소리를 내뱉었다.

"니는 아직 모린다. 빨갱이 자식이 을매나 큰 죄인인지…."

산이는 북으로 간 아버지 때문에 어머니가 미군클럽에서 노래를 부를 수밖에 없다는 걸 어렴풋이 이해했다. 그렇더라도 어머니가 노랑머리나 깜둥이를 데리고 집에 오는 건 정말 소름 돋도록 싫었다.

"이 봐라. 소리 값으로 코쟁이가 놓고 간 돈이다. 딸라라는 코쟁이 돈이다. 기를 쓰고 살아 있어야제. 지금은 휴전선이 가로막혀 오갈 수 없어도 언젠가는 니 아부지 만날 날이 올 끼다. 그때까지 무슨 일이 있어도 살아야 한단 말이다. 그라고 니도 입학통지서가 나오면 핵교에 다녀야제. 그러자면 바로 요 코쟁이 돈이 필요하다 아이가."

산이의 원래 이름은 '최경호'였다. 그러나 어머니는 '최경호'라는 이름은 물에 씻은 듯이 깨끗이 잊으라고 했다. 그리고 얼굴도 모르는 사람의 성을 따른 '강'과 '산이'라는 이름을 새로 만들어 주었다. 강산. 산이는 그 이름이 최경호보다 마음에 들었다. 그러나 최경호라는 이름도 가슴속에 깊이 눌러두었다.

산이는 얼굴을 대강 씻고 방으로 들어왔다. 빛이 잘 들어오지 않는 방 안인지라 아침나절인데도 어두웠다. 문득 한구석에 세워 놓은 가얏고와 가야금에 눈길이 갔다.

"니 아부지가 신선처럼 가얏고를 잘 탔느니라."

간밤에 울면서 가얏고를 타던 어머니 모습도 겹쳐서 보였다.

'아부지는 와 북으로 갔노? 와 빨갱이가 되었노 말이다.'

산이는 가얏고를 내렸다. 의외로 무겁지 않고 가뿐했다. 다만 키가 커서 다루기에 버거웠을 뿐이었다. 산이는 간밤에 본 어머니처럼 양반다리를 하고 가얏고를 무릎에 얹었다. 오른손으로 가만히 줄을 뚱겨 보았다.

"틱!"

가얏고는 제멋대로 퉁겨졌다. 이번에는 왼손으로 줄을 누르고 오른손으로 줄을 힘껏 당겨 보았다. 손가락이 얼얼했다.

"티잉."

아까보다 된소리가 났지만, 어머니가 내던 소리와는 멀었다. 산이는 가얏고 타기가 보기보다 쉽지 않다는 생각이 들었다. 이번에는 소리 내기를 포기하고 자세히 살펴보기 시작했다. 왼쪽 작은 구멍에서 빠져나온 명주실은 모두 열두 개였다. 매끈하지만 탄탄한 줄은 열두 개의 받침대를 지나 빨갛고 노란 색실로 꼬아 묶은 고리에 팽팽하게 연결되어 있었다. 색실 고리는 다시 투박한 무명실 꾸러미에 이어져 갈쭉하고 둥그스름한 판에 잇대어 있었다.

줄을 받치고 있는 받침대는 마치 뭐랄까, 날렵하고 매끈하게 깎인 게 꼭 새의 다리를 떠오르게 했다. 산이는 새 다리를 닮은 받침대를 왼쪽과 오른쪽으로 이동해 가며 줄을 뚱겨 보았다. 받침대를 어디에 놓느냐에 따라 소리의 높낮이가 달랐다.

'아하, 요걸로 줄을 맞추는구나.'

그렇게 소리의 높낮이가 조절되는 것이 신기했다. 그때 지금까지 보지 못했던 이상한 얼룩과 투박한 옹이가 눈에 띄었다.

'이기 뭐꼬?'

불그죽죽한 얼룩만 없으면 까뭇까뭇한 나뭇결이 한결 운치 있게 살아날 것 같았다. 얼룩은 배가 나온 나무판에 스며들어 닦아도 닦아도 지워질 것 같지 않았다.

옹이는 마치 가얏고의 흉터 같았다. 산이는 자기도 모르게 턱밑을 쓰다듬었다. 산이에게도 그런 우툴두툴한 흉터가 있다.

"첫돌이 머지않았을 때다. 잠시 눈을 돌린 사이, 앙금앙금 기던 니가 그만 대청마루에서 떨어져 댓돌에 처박히지 않았나. 내는 그때 니가 죽은 줄 알고 앞이 캄캄했다."

어머니는 산이의 턱밑에 생긴 흉터가 하나의 표지라고 했다.

"아부지가 그 상처를 보고 을매나 내를 야단치더라꼬, 후제 니가 컸을 때 아부지는 니를 대뜸 알아볼 끼다. 그 흉터는 니가 아부지 아들이라는 표지인기라."

쭈글쭈글하고 단단한 흉터는 계집애처럼 매끈한 산이의 얼굴을 좀 더 거칠고 다부지게 만들었다. 가얏고에 생긴 옹이도 그런 느낌이 들었다. 투박하지만 남정네처럼 은근한 멋을 풍기는 가얏고의 오만함을 옹이가 누그러뜨린다고나 할까. 아홉 살 산이는 거친 옹이를 손바닥으로 쓰다듬으며 가얏고에게 말을 걸었다.

'니도 아부지가 있다면 한눈에 알아보실 끼다.'

산이는 가얏고를 뒤집어 뒷면을 살펴보았다. 뒷면은 보름달과 초승달을 닮은 구멍이 있고, 가운데에는 구불구불하게 생긴 야릇한 모양의 구멍이 뚫려 있었다. 어머니가 타던 가야금보다 가얏고의 판이 더 단단해 보였다. 작은 구멍들 역시 야무지게 입을 다문 새색시 같다고나 할까.

'희한하다. 이런 구멍이 있는데 우찌 소리가 날꼬?'

산이는 다시 가얏고를 무릎에 앉혀 놓고 팅팅 줄을 뚱겨 보았다. 가얏고의 몸통이 잉잉 우는 듯했다. 그러나 탱탱한 줄은 여전히 만만치 않게 버티며 산이의 손길을 마다했다.

'어무이 오면 가르쳐 달라꼬 하까?'

산이는 가얏고를 무릎에서 내려놓았다.

때려잡자
빨갱이

산이는 어머니에게 가얏고를 배웠다.
"니는 참말로 애비를 빼닮았다. 그 애비에 그 새끼다."
어머니는 산이가 빠르게 가얏고 주법을 익히는 걸 보고 혀를 내둘렀다.
"하나를 가르쳐 주면 열을 아는구마."
산이 또한 가얏고 연주를 배우는 게 신이 났다. 어머니가 나가고 없을 때는 하루 종일 가얏고를 붙들고 놀았다. 배운 곡을 연습하고 또 했다. 연습량에 따라 가얏고를 타는 솜씨가 달라지는 것이 신기했다. 그리고 나날이 늘어 가는 제 솜씨가 자랑스러웠다.
동네 개구쟁이들은 이따금 산이네 집이 있는 골목에 머물렀다.
"양갈보, 똥갈보 새끼야. 나와라."
악을 쓰고 불러 댔지만, 산이는 꿈쩍도 하지 않았다. 어머니 말대로 아이들이 씨부렁거리는 소리를 귓등으로 흘려들었다. 그러다 보니 아이들도 자연히 산이를 놀리는 데 심드렁해졌다.

긴 겨울을 보내면서 산이는 제 키보다 우뚝 큰 가얏고를 제법 탈 줄 알았다. 엄지와 식지(검지)로 줄을 뜯거나 튕기기, 연을 튕기는 것도 자유롭게 할 수 있었다. 중중모리장단, 중모리장단, 자진모리장단을 마음먹은 대로 구사할 줄 알았고, 도라지타령, 한오백년, 방아타령 등은 소리와 함께 연주했다.

그렇게 겨울이 갔고, 다시 봄이 왔다.

주말 저녁이면 흰둥이와 깜둥이 병사들이 우르르 몰려나와 키 작은 한국 사람들 틈에 끼어 우쭐거리며 거리를 활보했다. 조무래기들은 여전히 그들 꽁무니를 귀찮게 따라다니며 헬로 헬로를 외쳤고, 그들은 껌이며 초콜릿을 병아리 모이 주듯 던지곤 했다. 산이는 그러한 동두천 변두리에 소위 하꼬방(쪽방)이라 불리는 곳에서 두 번째 봄을 맞았다.

드디어 산이는 국민학교(초등학교)에 입학하게 되었다. 무슨 재주를 어떻게 부렸는지 몰라도 어머니는 '강산이'라는 이름을 어엿하게 호적에 올려 주었다. 산이는 실제 나이 열한 살이지만, 호적에 따라 여덟 살 나이로 1학년에 입학했다.

"니 나이 많다꼬 우쭐대면 안 되는 기라. 알겠나? 그저 나 없소 하고 죽어 댕기라."

산이는 왜 그래야 하는지 묻지 않았다. 이유는 간단했다. 빨갱이 자식은 그래야 했으니까. 혹시 말썽이라도 피우다가 빨갱이 자식이라는 게 들통이라도 나면 산이와 어머니는 이 땅에서 살아갈 수 없기 때문이란 걸 산이는 알고 있었다.

산이는 어머니가 사 준 가방을 메고 친구도 없이 외톨이로 다녔다. 되도록 산이는 남의 눈에 띄지 않으려 애를 썼다. 학교에 갈 때도 혼자 가고, 놀 때도 혼자 놀려고 애썼다. 산이에게 유일한 친구가 있다면 가얏고뿐이었다.

그러나 글을 모르는 아이들이 대부분인 1학년 교실에서 산이는 책을 줄줄 읽는 똑똑한 학생이었다. 다른 애들보다 머리 하나는 훌쩍 컸고, 힘도 셌다. 아무리 '나 없소' 지내려 해도 금방 눈에 띌 수밖에 없었다.

어느덧 이태가 지나 산이는 의젓한 3학년이 되었다. 산이의 담임, 나분이 선생은 산이를 대단히 귀여워했다. 산이가 나이에 걸맞지 않게 듬직했고, 믿음직스러웠기 때문이다. 나분이 선생은 산이에게 곧잘 심부름을 시켰다. 교무실에다 두고 온 물건이 있으면 꼭 산이에게 찾아오라 일렀고, 이따금 교실을 비울 때면 선생님의 권한을 맡겼다. 그러니 학급에서는 물론이요, 다른 반 아이들까지도 산이를 알고 있었다.

아카시아 꽃향기가 운동장에 그득한 6월이었다.

"유월은 반공의 달입니다. 유월 이십오 일 새벽, 북한 공산군들은 우리 남한을 한입에 먹으려고 탱크를 앞세우고 쳐들어왔어요.

우리 국군은 용감하게 싸웠고, 유엔군과 힘을 합해 드디어 공산군을 물리쳐서 우리가 이렇게 두 다리 뻗고 편안하게 살고 있어요."

선생님은 6·25전쟁에 관해서 자세하게 설명해 주었고, 우리 국군이 얼마나 용감했으며, 북한 공산군이 얼마나 잔인한지 열을 토했다.

"우리 학교에서는 반공의 달을 맞이하여 교내웅변대회가 열립니다. 교내웅변대회에는 우리 반 대표로 강산이가 나갈 거예요. 강산이는 이따 수업 끝나고 웅변 연습을 하도록 해요."

3학년 3반 아이들은 모두 산이를 부러운 눈으로 바라보았다. 산이도 뜻하지 않게 반 대표 웅변 선수로 뽑혀서 당황스러웠지만 은근히 어깨가 우쭐거렸다.

수업이 끝나고 나분이 선생은 산이에게 종이 한 장을 내밀었다.

"큰 소리로 읽어 보아라."

산이는 한눈에 그것이 웅변 원고라는 걸 알았다. 뿌듯하고 자랑스러웠다. 그래서 목청을 가다듬고 자신 있게 읽어 내려갔다.

1950년 6월 25일 모두가 고요하게 잠든 새벽,

북한 공산군은 탱크를 앞세우고 삼팔선을 넘었습니다.
아무것도 모르고 평화롭게 잠을 자던 우리는
그만 이리 떼에게 쫓기는 어린 양 떼처럼 밀렸습니다.

그러나 용감한 우리 국군은 유엔군과 힘을 합해 공산군과 맞서 싸웠습니다.
전우의 시체를 넘고 넘어 저 멀리 백두산까지 쳐들어갔습니다.
백두산 천지에 태극기를 꽂으려는 찰나에 중공군이 개미 떼처럼 몰려왔습니다.
우리 국군은 이를 악물고 버텼지만, 결국은 다시 후퇴하였습니다.
그러나 우리 국군은 용감하였습니다.
탱크 하나와 자신의 목숨을 맞바꾸며 싸웠습니다.
드디어 우리는 삼팔선을 회복하고 이 땅에서 북한 공산군을 물리쳤습니다.
이 어린 연사, 이제 소리 높여 외칩니다.
찾아내자 붉은 간첩, 몰아내자 붉은 이리!
무찌르자 공산당, 때려잡자 빨갱이!

산이는 무심코 '빨갱이'라는 단어를 큰 소리로 읽고 말았다. 그러나 곧 제 입에서 튀어나온 '빨갱이'라는 말이 머리를 쿵 때리고, 가슴을 흔들었다. 산이는 그만 읽던 종이를 내려놓고 말았다.

"강산이, 여기서 점점 목소리를 높이고, 이 부분에서는 두 주먹을 불끈 쥐고 크게 외쳐야 해. 자 봐, 선생님이 해 볼 테니…."

나분이 선생은 주먹을 불끈 쥐고 머리 위로 팔을 올려 흔들며 외쳤다.

이 어린 연사, 이제 소리 높여 외칩니다.

찾아내자 붉은 간첩, 몰아내자 붉은 이리!

무찌르자 공산당, 때려잡자 빨갱이!

선생님의 하얀 목이 발갛게 상기되었다. 산이는 물끄러미 선생님의 입을 바라보았다. 빨간 입술연지를 칠한 선생님의 입이 계속 '빨갱이, 빨갱이' 하는 것 같았다.

"자, 어서 따라 해 봐."

선생님이 독촉했다. 산이는 할 수 없이 선생님을 따라 외쳤다. 그러나 목소리는 형편없이 잦아들었고 두 팔에는 힘이 빠졌다.

"산이야, 왜 그래? 배고프니?"

산이는 고개를 흔들었다. 자기도 모르게 눈시울이 붉어졌다. 그러나 산이는 울지 않으려고 이를 악물었다.

"산이야, 오늘은 그만하자. 대신 집에 가서 이 원고를 다 외워야 한다. 안 보고 줄줄 외워야 자신 있게 웅변대회에 나갈 수 있어. 이번에 3학년에서 일등을 하면 선생님은 우리 산이가 아주 자랑스러울 거야."

나분이 선생은 산이의 어깨를 토닥토닥 두드려 주었다.

산이는 어깨를 늘어뜨리고 교문을 나섰다. 일제 앞잡이 집이었다면 공터를 지나치려는데 한 떼의 아이들이 우르르 몰려나와 산이의 앞길을 막아섰다. 산이가 수업을 마치고 웅변 연습을 하는 바람에 늦게 학교를 나선 탓이었다. 그들은 산이와 동갑이었지만, 이미 6학년 학생들이었다.

"양갈보 새끼, 오랜만이다."

예전에 산이에게 머리 대포 세례를 받던 투실한 놈이었다. 산이는 걸음을 멈추고 투실한 놈을 쏘아보았다. 녀석은 능글능글한 말투로 내뱉었다.

"양갈보 새끼도 학교에 다닌다야."

"하하하, 양놈 소시지 먹고 키 많이 컸다야."

또 다른 놈이 느물거리며 산이의 머리에 손을 얹었다. 산이는 얼른 녀석의 손을 물리치며 뒤로 한걸음 물러섰다. 그러자 산이를 둘러싼 아이들이 일제히 왼팔을 들어 올리더니, 오른 손바닥으로 팔뚝을 쓸어내리며 팔뚝질을 해 댔다. 쌍욕이었다.

"양놈 조지가 이만하더냐?"

산이의 눈에서 불길이 일었다.

"야, 이 씨팔놈들아!"

산이가 책보를 팽개치고 달려들었다. 아이들이 한꺼번에 산이에게 덤벼들었다. 치고받고, 밟고 올라서고, 서로를 뭉갰다. 산이는 눌리지 않으려고 애를 썼지만, 아이들 밑에 깔리고 말았다. 투실한 놈이 발바닥으로 산이의 목을 눌렀다. 다른 아이들은 산이의 팔과 다리를 붙잡았다.

"양갈보 새끼가 웅변대회 나간다면서?"

새우처럼 옆으로 째진 눈을 한 녀석이 땅바닥에 침을 찍 뱉으며 히죽 웃었다.

"양갈보 새끼가 감히 내 동생 앞길을 막아? 이 새끼, 어디 죽어 봐라."

새우눈이 주먹으로 산이의 입술을 내리쳤다. 그제야 산이는 새우눈의 동생이 같은 반 동무라는 걸 알아챘다. 산이는 목을 돌려 새우눈의 주먹을 피하려 했지만, 투실한 놈이 산이의 목을 누르고 있어, 고스란히 녀석의 주먹을 입술로 받고 말았다. 입술이 툭 터지면서 찝찔한 액체가 입안으로 흘러들어 왔다.

"입술을 더 조져."

투실한 놈이 말했다. 그러자 새우눈이 두어 번 더 산이의 입술에 주먹을 내리찍었다. 산이는 입이 얼얼해서 감각이 없어졌다.

"이만하면 됐지? 가자."

투실한 놈이 발바닥을 떼며 고갯짓을 했다. 아이들이 졸병처럼 투실한 놈의 뒤를 우르르 따라갔다. 산이는 일어나려 애쓰지 않았다. 몸에서 기운이 다 빠져나간 것처럼 늘어졌다. 산이는 땅바닥에 그대로 누워서 눈물을 흘렸다. 울면서 하늘을 올려다보았다. 산이의 마음과는 달리 하늘은 파랗고 말갰다.

때려잡자 빨갱이!

하얀 얼굴이 빨갛게 될 정도로 핏대를 올리던 나분이 선생님 얼굴이 떠올랐다.

'아부지, 빨갱이 아부지. 때려잡자 빨갱이. 몰아내자 붉은 이리!'
산이는 부어서 돼지비계처럼 두툼해진 입술을 움직거려 보았다. 그러나 피가 터진 입술은 움직여지지 않았다. 대신 악문 이 사이로 '흐흐흐' 웃음이 터져 나왔다.

그날 저녁 산이는 오래도록 가얏고를 탔다. 저녁밥도 굶고 배운 곡조를 연주하고 또 연주했다. 가얏고를 연주할 때면 아이들의 놀림도, 아버지에 대한 원망과 그리움도 잊을 수 있었다. 산이는 그대로 쓰러져 잠이 들고 말았다.
"에엥."
통금 사이렌 소리에 산이는 놀라서 잠에서 깨었다. 어머니는 통금이 지났는데도 돌아오지 않았다. 끄지 않은 남폿불은 마지막 힘을 다해 심지를 태우고 있었다. 그을음으로 남포 호야가 거멓게 되어 방 안은 촛불을 켠 것보다 침침했다. 기름이 바닥난 모양이었다.
지금까지 어머니가 돌아오지 않은 것은 이상한 일이었다. 남폿불의 심지를 낮추어 불을 끄고, 산이는 부엌 쪽문을 열었다. 웬일인지 쪽문이 잘 열리지 않아서 힘을 주어 밀었다.
'어?'
허연 물체가 쪽문 앞에 널브러져 있었다. 어머니였다.
"어무이."
어머니 몸에서 술내가 훅 끼쳤다.

"여기서 뭐하는 기고?"
"어무이가 한잔했다."
"드가자. 남사시럽다."
산이가 이맛살을 찡그리며 어른처럼 말했다.
"우리 산이, 우리 산이."
어머니는 일어서려다 주체를 못 하고 주저앉았다. 산이는 어머니와 함께 골목 바닥에 뒹굴었다.
"와 이리 술을 많이 마싰노?"
어머니가 고주망태가 되기는 처음이었다.
"좀 묵었다. 기분 좋은 일이 있어 가꼬…. 흐흐흐."
"퍼뜩 드가자."
산이는 가까스로 어머니를 부축해서 방 안으로 들어왔다.
"산이야, 니 미국 가자."
이불도 깔지 않은 맨바닥에 벌렁 드러누우며 어머니가 뜬금없이 말했다. 산이는 영문을 몰라 입을 벌렸다.
"조지가 내를 좋다 안 하나? 내보고 미국 가잔다."
그제야 산이는 어머니가 무슨 말을 하는지 감이 잡혔다. 그러나저러나 이름이 '조지'라니! 문득 산이는 '양놈 조지가 이만허드냐?' 하던 아이들의 놀림이 떠올랐다. 웃어야 할지 울어야 할지 분간이 서지 않았지만, 산이는 저도 모르게 그만 피식 웃고 말았다.
"이름이 조지가? 무신 이름이 그렇노?"

지금까지 어머니가 데리고 온 코쟁이 군인 중에서 누가 조지일까, 생각했다.
"하모. 조지는 나를 사랑한단다."
"뭐라꼬? 그럼 결혼할 끼가?"
"결혼? 흐흐흐."
어머니가 야릇한 웃음소리를 흘렸다.
"하모, 해야제. 내 자식 살리는 일이라믄 그보다 더한 일도 해야제."
"그기 와 나를 살리는 일이고?"
"니는 모린다. 빨갱이 자식은 이 땅에서 몬 산다. 니 평생 숨도 안 쉬고 살 수 있나?"
산이는 대답하지 못했다. 숨도 안 쉬고 살라고? 산이는 저도 모르게 고개를 저었다.
"빨갱이 아부지를 둔 자식이 숨을 크게 쉬면 하루아침에 간첩으로 몰린다 아이가. 니 그거 아나? 간첩! 간첩 말이다."
산이의 가슴이 쿵 소리를 내며 떨어졌다. 왜 간첩을 모르겠는가. 며칠 전부터 라디오에서는 날마다 간첩 소탕 작전 소식뿐이었다. 간첩 혐의가 씌워지면 총살형을 당하거나 평생 감옥에 갇혀 무기징역을 살아야 한다는 것쯤은 대한민국에 사는 사람이라면 삼척동자라도 다 아는 사실이다.
"내가 빨갱이 자식이라는 거, 아직 아무도 모린다 아이가."

"평생 그랬으면 좋겠제. 하지만도 어미는 밤마다 밤마다 몽둥이에 쫓긴다. 무서워 죽겠다."

어머니가 부르르 몸을 떨었다.

문득 낮에 읽었던 웅변 원고가 떠올랐다.

'때려잡자, 빨갱이!'

나분이 선생의 카랑카랑한 목소리가 들리는 듯했다. 온몸에 소름이 쭉 돋았다.

"나도 참말로 모리겠다. 조지 따라가믄 내 자석 맘 편히 살 수 있을랑가?"

어머니는 한숨을 내쉬며 산이를 붙안았다. 술내와 입내가 섞여 역겨웠지만 산이는 어머니를 뿌리치지 않았다.

검은 사람들

밤늦게 클럽을 나오는 정이 앞을 누군가 가로막았다. 인적이 드문 골목이었다. 정이는 깜짝 놀라서 서너 걸음 뒤로 물러섰다.

"허허, 이게 누구신가? 장정이 여사 아니신가?"

어깨가 떡 벌어진 시커먼 사내가 산처럼 우뚝 서 있다.

"누…누구세요? 사람 잘못 봤어요. 나는 장정이가 아니란 말입니더."

또 경상도 사투리가 튀어나왔다. 이놈의 경상도 사투리. 정이는 주먹으로 방정맞은 입을 쥐어박고 싶었다.

"장정이가 아니면, 그럼 정은희 여사신가?"

한껏 비꼬는 말투로 사내가 이죽거렸다. 정이는 그만 입을 다물었다. 그들은 정이의 정체를 모두 알고 있는 자들이었다. 자기도 모르게 사시나무처럼 몸이 떨려 왔다.

"왜 약속 안 지켜, 엉?"

갑자기 사내가 벽력같이 소리를 높였다.

"무…무슨 약속이예?"

"삼천 환, 아니 이제 삼백 원이지. 네 입으로 준다고 했잖아."

그제야 정이는 사내가 군청 호적계 이국정의 똘마니라는 것을 알았다. 이국정은 요즘 들어 자주 독촉을 해 왔다. 거의 협박조로. 그러더니 결국 이렇게 하기로 결정한 모양이었다. 정이는 길바닥에 무릎을 꿇었다.

"제발 살려 주세요. 아직 돈이 안 됐어요. 삼백 원이…. 누구 집 애 이름도 아니고."

"이게 어디서 핑계야. 죽고 싶어?"

사내가 악을 썼다.

"그 돈 다 드렸습니다. 이국정 국장에게 물어보이소."

정이는 이를 악물고 돈을 벌었다. 코쟁이들 앞에서 가야금도 탔고 소리까지 바쳐 가며 모은 돈이었다. 그런데 이국정은 그 돈을 모두 게 눈 감추듯 먹어 치우고 또 손을 벌리는 거였다. 이국정이 요즘 노름에 손을 댄다는 소문이 사실인가 보았다.

일제 앞잡이를 했던 이국정 같은 쓰레기 공무원을 쓸어버리지 않은 나라가 원망스러웠다. 그러나 한편으로 그런 돼먹지 못한 공무원이 있기에 산이가 살았다는 사실을, 이 순간만큼은 인정하고 싶지 않았다.

"이게 어디서 그분의 이름을 감히 들먹여?"

사내가 코앞으로 넓적한 손바닥을 내밀었다. 크기도 하려니와 두툼하기까지 했다. 주먹 한 방이면 정이쯤이야 식은 죽 먹기일 터였다. 정이는 매라면 몸서리가 쳐졌다. 매화마을에서 당한 몽둥이찜질은 밤이면 밤마다 악몽으로 되살아났다. 매 맞은 후유증으로 날이 궂으면 여기저기 안 쑤신 데가 없었다.

"잘못했습니다. 제발 용서해 주이소."

억울하고 분했지만 위기를 모면하려면 손이 발이 되게 빌 수밖에 없었다.

"그럼 가진 돈이라도 내놔."

사내가 윽박질렀다.

"여기 있습니더."

정이는 손가방을 열어 있는 돈을 모두 내밀었다. 백 원도 안 되는 적은 돈이었다.

"누굴 놀리나? 네가 딸라를 모은다는 거 다 알고 있어. 어디 있어?"

사내가 정이의 정강이를 구둣발로 밟았다.

"아악!"

정이는 너무 아파서 소리조차 지르지 못했다.

"아입니더. 잘못 알고 기신 겁니더."

정이가 기겁해서 손사래를 쳤다. 만일 미군 피엑스에서 나오는 물건을 빼다가 장사를 한다는 사실이 알려지면 그대로 영창감이었다. 정이도 그걸 모르는 바가 아니었다. 그러나 이국정에게 갚아야 할 돈은 만만한 돈이 아니었다. 그리고 산이와 살아야 했다. 정이는 잘못된 일인 줄 알면서도 그 일에 손을 대었다.

"내일 딸라를 가지고 여기로 나와. 안 나오면 경찰에 가서 확 불어 버릴 거야."

사내는 정이가 준 돈을 가지고 어둠 속으로 사라졌다. 사내가 보이지 않자 정이는 힘이 빠져 그대로 주저앉고 말았다.

'우짤꼬? 내 발등을 내가 찍었네. 우짜자고 그런 개 같은 놈을 만났을꼬?'

정이는 정말 발등을 내리찍고 싶은 심정이었다. 앞으로 살아갈 일이 막막했다. 이국정이 온전한 사람이라면 정이의 본색을 제 입으로 까발리지는 않을 터였다. 그러자면 자기가 저지른 부정도 탄로가 날 터이니 아무리 머리가 나쁜 사람이라도 그만한 생각은 있을 것이다. 그러나 노름에 미쳐 제정신이 아니니 이국정은 언제 터질지 모르는 시한폭탄이나 다름없었다.

정이는 오금이 저리고, 아랫배가 조여 왔다.

'다른 방도가 없을까?'

정이는 집으로 돌아오면서 내내 머릿속으로 생각을 굴렸다. 아무리 생각해도 뾰족한 방도가 떠오르지 않았다. 이 나라를 떠나지 않는 한, 그 문제는 징이 모자를 계속 따라다니며 괴롭힐 것 같았다.

정이는 어금니를 깨물었다.

하얀 운동화

다음 날도, 그다음 날도 산이는 방과 후에 남아서 웅변 연습을 했다. 웅변대회에 나가기 싫다고 선생님께 말씀드렸지만, 선생님은 산이가 자신 없어 그러는 줄 알고 도리질했다.

"산이야, 주눅 들 필요 없어. 너는 목청도 좋고 무엇보다 표현력이 좋아. 같은 3학년이라도 똑같은 3학년이 아니야. 네가 나가면 일등은 따 놓은 당상이야."

선생님은 산이를 어르고 달랬다. 그러니 웅변대회에 안 나갈 수 없는 노릇이었다.

산이가 반공 웅변대회에 대해 말하자, 어머니는 산이의 등을 떠밀었다.

"느그 아부지가 빨갱이라 맘에 걸리나? 괘않다. 여기서 살아갈라믄 그보다 더한 것도 참고 견뎌야 하는 기라."

어머니는 이왕 할 바에는 어영부영하지 말고 보란 듯이 꼭 일등을 해야 한다고 했다. 어머니의 말에 힘을 얻은 산이는 선생님과 함께 웅변 원고를 외우고, 어디서 힘을 주고 목소리를 높여야 하는지도 배웠다.

드디어 6월 25일 교내 웅변대회에서 산이는 저학년 어린이 부문 최고상을 받았다. 전교생이 모인 조회 시간에 단상에 올라가 상장과 상품을 받았다. 상품은 공책 다섯 권이었다. 학교에서는 상을 받은 어린이들을 단상 앞에 모아 놓고 사진을 찍었다. 받은 상장을 가슴 앞에 펼치고 환하게 웃으며 찍었다.

산이의 최고상 소식에 누구보다 나분이 선생이 기뻐했다. 조회를 마치고 교실에 들어오자, 선생님이 산이를 교실 앞으로 불러내었다.

"강산이는 우리 반 자랑이에요. 모두 힘찬 박수로 칭찬해 주세요."

학급 아이들이 고사리손을 들어 우레와 같이 박수를 쳤다. 산이는 쑥스럽게 고개를 숙였다.

"찢어 버리라."

상장을 본 어머니가 말했다. 머뭇거리는 산이의 손에서 어머니가 상장을 빼앗아 발기발기 찢어 수챗구멍에 버렸다. 어머니는 그리나, 공책 다섯 권은 버리지 말라고 했다.

"그냥 써라. 그기 다 돈이다."

산이는 공책 겉장에 '강산'이라는 이름을 쓰고, 눈에 안 띄는 귀퉁이에는 작은 글씨로 'ㅊ'과 'ㄱ'과 'ㅎ'을 써넣었다. '최경호'라는 이름의 머리글자였다.

여름방학을 한 지 며칠 지나지 않은 일요일이었다.

"니 내캉 나가자."

어머니는 짧은 치마를 입고, 뾰족구두를 신었다. 그리고 분홍 양산도 받쳐 들었다. 산이는 그런 어머니를 눈이 부시게 바라보았다. 암만 봐도 어머니처럼 예쁜 사람은 세상에 없을 거라고 생각했다.

"니 뭘 그리 보나? 어서 준비하라는데도."

어머니는 산이에게 하얀 셔츠와 파란 반바지를 내놨다. 그리고 검정 고무신 대신 눈부시게 하얀 운동화도 내놨다. 산이는 어리둥절했지만, 새 옷과 새 신을 보니 기분이 좋아졌다.

"어무이, 어딜 갈 낀데?"

"가 보면 안다. 잔소리 말고 빨리 준비해라."

산이는 푸득푸득 소리 내며 세수하고, 새 옷으로 갈아입었다. 분홍 양산을 든 어머니와 함께 나란히 골목을 빠져나가는데, 역시나 공터에서 놀던 개구쟁이들이 수군거렸다.

"양갈보다. 저기 양갈보 간다."

"우아, 꼭 여우 같다."

아이들의 수군거림이 산이의 귓속으로 파고들었다. 자기도 모르게 산이가 주먹을 불끈 쥐자, 어머니가 산이의 팔을 획 낚아챘다. 그러고는 꼼짝도 못 하게 산이의 손목을 우악스럽게 움켜잡았다. 어머니는 양산으로 아이들의 눈길을 가리고, 똑바로 앞만 보고 걸었다.

또각또각, 또각또각.

어머니의 뾰족구두 소리가 나긋나긋 울려 퍼졌다. 산이는 어머니에게 손목을 잡힌 채 땅만 보고 걸었다. 아이들은 어머니의 당당한 기세에 눌렸는지 산이에게 섣불리 해코지하려 들지 않았다. 다만 어머니 뒤를 졸졸 따라오며 킥킥거리고 수군댔다. 아이들뿐만 아니었다. 어쩌다 지나가는 사람들도 어머니를 흘긋거렸고, 손가락질했다. 낯모르는 아낙네들은 대놓고 혀를 끌끌 찼다.

산이는 뒤통수가 근지러워 견딜 수가 없었다.

'이것들을 그냥!'

당장이라도 뒷발질을 해서라도 똥파리 같은 놈들을 짓이겨 버리고 싶었다. 그러나 참아야 했다. 어머니에게 잡힌 손목 때문이 아니라, 새로 산 셔츠와 옷 때문이었다. 그들과 뒹굴며 싸움질하면 새 옷은 엉망진창이 될 터였다.

골목을 벗어나자 개구쟁이들은 더 이상 따라오지 않았다. 동두천 읍내로 나오자 어머니처럼 뾰족구두를 신고 양산을 쓴 여자들이 제법 눈에 띄었다. 그래서 이상스러운 사람들의 눈길에서 해방될 수 있었다.

어머니는 신식 건물 앞에 걸음을 멈췄다. '와싱톤 하우스'라는 간판이 붙은 곳이었다. 산이는 이름이 생소해 어머니를 올려다보았다. 어머니는 꼬부랑글자가 붙은 유리문을 열고 안으로 들어갔다. 산이도 얼른 어머니를 따라 들어갔다.

더운 여름 한낮인데도 안은 가을날처럼 선선했다. 전등은 켜져 있으나 어두침침했다. 꽃무늬가 있는 울긋불긋한 커튼이 불빛을 받아 도드라져 보였고, 동그스름한 탁자와 의자가 있는 곳에는 삼삼오오 서양 군인들이 앉아 시끄럽게 떠들었다.

"헤이."

구석진 자리에서 얼굴이 까만 흑인 병사가 하얀 이를 드러내며 어머니를 향해 손짓했다. 얼굴이 두툼했고, 몸은 뚱뚱했다. 눈이 부리부리하고, 입도 컸다. 흑인 병사가 알은체를 하자 어머니도 손을 들어 알은체했다.

"가자. 니 얌전히 있어야 한데이."

어머니는 산이에게 나지막하게 속삭이고는, 또각또각 걸어서 흑인 병사 앞으로 갔다. 산이는 주춤거리며 어머니를 따랐지만, 발걸음은 한없이 느렸다. 마음 같아서는 도로 뛰쳐나가고 싶었다.

'저 사람은?'

짚이는 데가 있어 산이는 가슴이 쿵 떨어졌다. 코쟁이 노랑머리도 아닌, 깜둥이 흑인이라니, 전혀 생각지도 못한 일이었다. 그동안 어머니는 흑인 병사보다 백인 병사를 더 자주 데려왔기에 산이는 더욱 당혹스러웠다. 머뭇거리는 산이를 향해 어머니가 어서 오라며 눈짓했다. 산이가 계속 머뭇거리자, 어머니가 되돌아와 산이를 끌어다 의자에 앉혔다.

"인사해라. 이 사람이 조지다."

어머니가 산이의 머리를 잡아 꾹 눌렀다. 얼결에 산이는 머리를 숙여 인사한 꼴이 되었다. 조지가 뭐라 뭐라 쏼라거렸다. 어깨에 달린 금빛 계급장이 전등불 빛에 반짝거렸다. 막대기 네 개에 갈매기 세 개였다. 상사 계급이었다. 그러자 어머니도 알아들을 수 없는 말로 쏼라거렸다. 그러나 조지에 비해 어머니는 더듬거렸고, 손짓을 겸했다.

그러자 조지가 솥뚜껑만 한 손을 산이에게 불쑥 내밀었다.

"뭐 하노? 악수하지 않고."

어머니가 산이 손을 붙들어 조지에게 내밀었다. 조지의 손은 크고 두툼하며, 끈적거렸다. 산이는 얼른 손을 빼냈다.

"니가 맘에 든다 안 하나? 땡큐, 땡큐."

어머니가 고개를 몇 번 끄덕였다. 어머니 볼에는 산이가 좋아하는 볼우물이 폭 파였다.

'나는 왜 보조개가 없을꼬? 아부지 닮은 기가?'

순간 산이는 엉뚱한 생각이 들었다. 조금 있자니 공기 방울이 뽀글뽀글 올라오는 사이다가 나왔다. 사이다는 입안을 톡톡 쏘았다. 물인 줄 알고 무심코 벌컥 마셨다가 산이는 그만 켁켁 기침을 하고 말았다. 그러나 달콤한 맛에는 금세 익숙해졌다. 홀짝홀짝 맛을 보다가 이내 꿀꺽꿀꺽 다 마셔 버렸다. 어머니와 조지는 김이 모락모락 올라오는 시커먼 물을 홀짝홀짝 마셨다. 나중에 집에 가면 그 물이 뭐냐고 물어보리라 마음먹었다.

어머니와 조지는 계속 산이가 알아들을 수 없는 말로 떠들었고, 이따금 조지는 산이에게 눈길을 주며 다정하게 웃어 보였다. 그러나 산이는 그 웃음조차 싫어서 슬그머니 눈길을 피하며 얼굴을 찡그렸다.

와싱톤 하우스에서 산이는 생전 처음으로 고기를 먹었다. 그것도 벌건 핏물이 배어 나오는 넓적한 고기를 칼로 직접 썰어 먹는 거였다. 칼질이 서툰 어머니와 산이를 위해서 조지가 칼질을 대신해 주었다. 고기에서 누린내가 나서 산이는 몇 점 먹다 말았다. 그러나 함께 나온 빵은 입안에서 살살 녹았다. 그렇게 달콤하고 고소한 빵은 생전 처음이었다. 어머니도 고기가 별로 좋지 않은지 몇 점 먹다가 말았다.

와싱톤 하우스를 나왔을 때는 해거름이었다. 산이는 눈부신 저녁 햇살에 눈살을 찌푸렸다. 괜히 심사가 뒤틀려 길가에 있는 돌멩이를 툭툭 차며 걸었다. 어머니는 그런 산이를 모르는 체하며 그대로 두었다.

"옴마나, 발 저려."

집에 닿자마자 어머니는 뾰족구두를 벗어 부엌 바닥에 팽개쳤다.

"그런 걸 뭐 하러 신노?"

볼이 퉁퉁 부어 산이가 퉁명스럽게 말했다.
"와? 조지가 맘에 안 드나?"
"내는 싫다. 그냥 여기서 어무이하고 살란다."
"바보 같은 소리 말그라. 세상천지에 비밀이란 없다. 언젠가는 밝혀진다. 그라믄 니캉 내캉 끝이다. 알긋나? 이 바보 머스마야."
어머니는 소리를 낮춰 입속으로 말을 씹으며 산이의 머리통을 쥐어박았다.
"그래도 싫다. 죽으믄 죽었지 조진가 자진가 그놈하고는 싫다."
"뭐라고 해쌌노?"
어머니가 뾰족구두를 산이에게 집어 던졌다. 산이는 용케도 피했다.
"다시 한번 바보 같은 소리 해 봐라. 니 두고 내는 날라 버린다."
어머니는 두말하지 말라며 방으로 들어갔다. 산이는 닫힌 방문을 한참 동안 노려보다 밖으로 나왔다. 하얀 운동화, 파란 반바지와 하얀 셔츠가 새삼 생뚱맞아 보였다. 산이는 그대로 바닥에 주저앉았다. 지저분한 흙이 새 바지에 묻어도 아랑곳하지 않았다. 산이는 흙을 한 줌 들고 하얀 셔츠에 벅벅 문질렀다. 하얀 운동화에도 모래를 집어 얹었다.
'아아, 정말 싫다. 어무이도 밉고…. 아부지도 밉다.'

함박눈 내리는 밤

그해 겨울 초입에 어머니는 이사를 했다. 읍내에 있는 번듯한 한옥이었다. 크지는 않아도 마당이 있고, 방이 두 개에다 마루도 제법 넓었다. 변두리 쪽방에 비할 바가 아니었다.

어머니는 안방에 옷장과 침대를 들여놓았고, 마루에는 가죽으로 만든 안락의자 두 개를 놓았다. 조지가 의자 없이는 생활할 수 없기 때문이었다. 그리고 마루 한가운데에는 자그마한 연탄난로를 놓았다.

조지는 정월이 되면서 서너 차례 찾아왔다. 올 때마다 초콜릿이며 쿠키 등 양과자를 잔뜩 사 가지고 왔다. 투박한 모습과는 달리 조지는 다정다감한 사람이었다. 어머니에게 친절했고, 산이에게도 살갑게 대하려 애를 썼다. 비록 말은 통하지 않았지만 조지는 산이만 보면 한눈을 찡긋하며 웃었다. 그럴 때마다 눈처럼 새하얀 이가 드러나면서 새카만 얼굴과 묘하게 대비되었다. 산이는 그런 조지가 늘 어색했지만, 드러내 놓고 싶은 내색을 하지 못했다. 어머니 때문이었다. 어머니가 실제로 조지를 좋아하는 것 같아서였다.

정월도 다 가고 2월을 코앞에 둔 주말이었다. 동장군이 물러갔나 싶었는데, 오후부터 함박눈이 쏟아지기 시작하더니 저녁이 되어도 멈출 기미를 보이지 않았다.

어머니는 일찌감치 저녁상을 물리고, 무슨 생각에선지 마루에 왕골자리를 깔았다. 지난가을 누군가 이사 가면서 버리고 간 것을 어머니가 주워다 손질해 둔 것이었다. 그리고 북과 가야금을 꺼내 왕골자리 위에 놓았다. 전에 없이 어머니는 뭐랄까, 들뜬 얼굴이었다. 잔주름이 잡히기 시작한 눈가에는 미소가 어렸고, 볼은 발그레 상기되었다.

"뭐할라고 그라노?"

묘한 예감에 산이는 왠지 마음이 편치 않았다.

"오늘 밤 우리 한번 신나게 놀아 보자."

어머니는 몸단장을 하고 한복을 꺼내 입었다. 그리고 언제 장만했는지 산이에게도 바지와 저고리를 내주었다. 새 한복을 보자 가라앉았던 마음이 둥실 떠오르는 느낌이었다. 오랜만에 어머니와 같이 가얏고를 타게 되나 싶어서였다.

"와 안 옳꼬?"

어머니는 어둑어둑해지는 마당을 내다보았다. 마당에는 새하얀 눈이 소복소복 쌓이고 있었다.

'누구를 기다리나? 혹시?'

조금 전까지 들떴던 마음이 갑자기 푹 내려앉았다. 조지를 기다리며 서성이는 어머니를 보니 저절로 입이 쑥 나왔다. 갑자기 어머니가 마련해 준 한복이 몸에 맞지 않는 것처럼 불편해졌다.

"어무이, 조지 기다리나?"

무뚝뚝하게 산이가 물었다.

"온다 캤다. 그란데 니는 와 죽을상이고?"

어머니가 못마땅한 표정으로 산이를 바라보았다. 산이는 대답하지 않고 뚱하게 서 있었다.

"그라지 마라. 그래도 조지가 우리한테는 은인이다."

"뭐가 은인이고?"

"잔말 마라. 우리가 이리 안심하고 살 수 있는 것도 조지 덕분인 줄이나 알으라 마."

산이와 어머니가 주거니 받거니 하고 있는데, 삐걱 대문이 열리며 조지가 들어섰다.

"하이고마, 온다. 하이!"

어머니가 목소리를 높이며 손을 흔들었다.

"굿이브닝!"

조지가 하얀 이를 드러내며 웃었다. 조지는 뜻밖에도 군복 대신 양복을 입고 있었다. 하얀 와이셔츠에 줄무늬 넥타이를 매고 군청

색 양복을 입었는데, 배가 쑥 나온 탓에 양복 단추는 잠그지 않은 채였다. 뚱뚱한 몸에 꽉 쪼인 양복 윗도리가 얻어 입은 것처럼 어딘가 모르게 어색해 보였다.

"어서 올라오이소."

어머니는 꼬부랑말이 아닌, 우리말을 하며 조지 어깨 위에 묻은 흰 눈을 탁탁 털어 주었다. 조지는 미리 알고 있었다는 듯 싱긋이 웃으며 왕골자리며 가야금을 한눈에 훑어보았다. 조지의 눈길과 산이의 눈길이 일순 마주쳤다. 조지는 한 눈을 찡긋하며 웃었고, 산이는 슬그머니 눈길을 내리깔았다.

"조지, 씻 다운 플리즈."

어머니가 조지에게 의자를 내주었다.

"산아, 니가 가야금을 타라."

어머니는 북을 잡고 산이에게는 가야금을 잡게 했다. 산이는 마지못해 건네주는 가야금을 잡았다. 어머니가 시무룩한 산이에게 눈짓을 주며 나직하게 속삭였다.

"니 잘하래이. 우리 둘이서 미국 놈에게 본때를 보이는 기다."

뜻밖의 말에 산이는 놀라서 어머니를 바라보았다. 그러나 어머니는 산이의 눈길을 슬쩍 피하며 딴청을 피웠다.

"니 진도 아리랑 알제?"

산이가 마지못해 고개를 끄덕였다. 그러자 어머니는 망설이지 않고 먼저 북장단을 메겼다. 산이가 가야금 가락으로 북장단을 받았다. 곧이어서 구성진 목소리로 어머니가 소리를 시작했다.

사람이 살면은 몇백 년 사나
개똥 같은 세상이나 둥글둥글 사세
문경새재는 웬 고갠가
구부야 구부구부가 눈물이 난다
소리 따라 흐르는 떠돌이 인생
첩첩이 쌓인 한을 풀어나 보세
산천 하늘엔 잔별도 많고
이내 가슴 속엔 수심도 많다

신식가요는 간드러진 목소리로 불러야 하고 우리 잡가는 탁하고 구성진 소리로 불러야 했다. 그런데 어머니는 그 두 가지를 오가며 그럴듯하게 할 줄 알았다. 어머니가 앞부분을 메기자 산이가 뒷부분을 이었다. 그리고 '아리아리랑 쓰리쓰리랑 아라리가 났네 아리랑 음음음, 아라리가 났네' 후렴구는 어머니와 함께 불렀다.
조지도 후렴구가 몇 번 반복되자 어색한 발음으로 따라 부르기 시작했다. 몇 번은 콧노래를 하더니 이내 소리를 내었다. 조지는 결코 음악성이 없는 사람이 아니었다. 가락과 박자가 정확했다.
"오우, 원더풀 원더풀!"
진도 아리랑이 끝나자 조지는 벌떡 일어나 큰 손바닥으로 박수를 쳤다. 그리고 산이를 번쩍 안아 치켜들었다. 갑작스러운 일이라 당황스러웠지만 기분이 썩 나쁘지는 않았다.

"오, 마이 썬."

조지는 두툼한 입술을 내밀어 산이의 볼에 뽀뽀도 하며 기뻐했다. 어머니는 그러는 조지를 흐뭇한 눈으로 바라보았다.

"잇츠 마이 턴."

조지가 뭐라고 말하며 어머니가 들고 있던 북을 잡았다. 조지는 북을 눕히고, 그 위에 두 손을 얹더니 손바닥으로 두들기기 시작했다. 처음에는 천천히 어긋나게, 그러다 점점 빠르게 손을 움직였다. 손 움직임이 어찌나 빠른지 보이지 않을 정도였다. 조지는 어깨와 발을 움직여 가며 리듬을 맞췄고, 입으로는 뭔가 알 수 없는 소리를 끊임없이 중얼거렸다. 노래 같기도 하고, 그냥 넋두리 같기도 했다. 조지는 완전히 리듬에 빠져든 사람처럼 보였다.

산이는 신기해서 넋을 잃고 바라보았다. 어머니도 새삼스러운 눈으로 조지를 바라보았다. 마치 알 수 없는 주술에 빨려 드는 느낌이었다.

조지의 북 연주가 끝나자, 어머니는 활짝 웃으며 기립박수를 쳤다.

"와, 환타스틱! 원더풀!"

산이는 그저 씩 웃기만 했다. 조지가 환하게 웃으며 어깨를 으쓱했다. 그러고는 산이를 돌아보며 어떠냐는 듯 고갯짓으로 물었다. 산이는 자기도 모르게 엄지손가락을 세웠다.

"오우, 땡큐. 마이 썬."

조지는 산이를 와락 껴안고 왼쪽과 오른쪽 볼에 번갈아 가며 입을 맞췄다. 조지 몸에서 누릿한 냄새가 났지만, 산이는 어쩐지 그 냄새가 역겹지 않았다. 조지처럼 음악을 아는 사람이라면 오랫동안 같이 살아도 나쁠 것 같지 않았다.

흥분이 가라앉자, 이번에는 어머니가 산조가야금을 들고 다소곳이 자리를 잡았다. 안족을 움직여 띵동띵동 줄을 고르더니 조용히 눈을 감았다. 마루에는 긴장감이 감돌았다. 산이 역시 까닭 없이 숨이 가빠서, 손바닥으로 가슴을 지그시 눌러야만 했다.

이윽고 어머니가 가야금을 타기 시작했다. 두어 번 들어 본 적이 있는 남도 잡가 '육자배기'였다. 어머니는 경상도 사람이었지만, 가락은 남도 가락을 좋아했다. 구성진 가락이 산조가야금 소리와 어울려 한바탕 어우러지기 시작했다.

꿈아 꿈아 무정한 꿈아 오시는 님을 보내는 꿈아
오시는 님은 보내지를 말고 잠든 나를 깨워 주니
언제나 알뜰한 님을 만나서 이별 없이 살꼬

인연이 있고도 이러는가 연분이 안 될라고
이 지경이 되드냐 전생자생 무삼 죄로

우리 둘이 삼겨를 나서 이 지경이 웬일이란 말이냐
아이고야 답답한 이내 심정을 어느 누가 알꼬

뚱기땅 뚱기당, 어머니의 가야금 소리와 걸쭉한 노랫소리가 좁은 마루를 가득 울렸다. 산이는 어머니가 부르는 노랫가락을 정확히 알아들을 수 없었지만, 왠지 서글픈 심정이 되었다. 가락과 노래가 몹시 애조를 띠고 있었기 때문이다. 조지 역시 입을 꾹 다물고 어머니의 한 섞인 가락에 귀를 기울였다.
마당에는 하얀 눈이 소리 없이 쌓이며 겨울밤은 그렇게 깊어져 갔다.

산이가 가야금 소리에 눈을 뜬 것은 자정인지 새벽인지 가늠하기 어려운 시각이었다. 조지는 늦은 밤에 부대로 돌아갔고, 산이는 잠자리에 들어 깊은 잠을 자고 난 뒤였다.
뚜웅, 뚜웅!
묵직하고 대찬 소리는 한눈에도 산이의 가얏고란 걸 알 수 있었다. 산이는 무릎걸음으로 다가가 방문을 살며시 열었다. 어머니가 가얏고를 들고 왕골자리에 그린 듯이 앉아 있었다. 속살이 드러나는 하얀 속적삼 차림이었다. 어느새 함박눈은 그치고 마루 깊숙이 하얗게 달빛이 쏟아졌다.
"경호 아배요, 들어 보이소. 당신께 바치는 소립니더."

뚜웅, 뚜웅, 가얏고는 느릿느릿 끊어질 듯 이어졌다, 이어졌다 끊어졌다. 진양조장단이었다. 가얏고가 어머니 손끝에서 떨면서 울었다.

"절대 용서하지 마소. 이년이 죽일 년이오."

어머니는 가얏고를 밀어 놓고 바닥에 푹 엎드렸다. 어머니 어깨가 바람 앞에 촛불처럼 들썩였다.

산이는 손으로 입을 가리고 숨을 멈췄다.

친구 김수한

3월이 되고 산이는 6학년이 되었다. 6학년이 무려 8개 반이나 있는 큰 학교였다.
전학 첫날, 산이는 한복을 곱게 입은 어머니와 함께 학교에 갔다. 담임선생님은 중년의 남자였다.
"덩치가 크구나."
국민학생답지 않게 덩치가 큰 산이를 보자, 김준식 선생은 미소를 지었다.
"야가 본래부터 먹성이 좋아 키가 큽니더."
어머니가 황급히 변명을 했다.
"키가 크면 좋지요. 영양 상태가 좋아 힘도 좋아 보이는데, 너 혹시 운동 안 할래?"
그러고 보니 김준식 선생은 다른 선생님과는 달리 운동복을 입고 목에는 하얀 호루라기를 걸고 있었다. 아침 운동을 했는지 이마에 흘러내린 머리카락이 땀으로 젖어 있었다.
"우리 학교가 전국적으로 유명한 핸드볼 육성학교지요. 운동선수가 되어 전국체전에 출전하면 앞길이 훤히 트입니다."
김 선생은 뼈마디가 굵은 손으로 산이의 어깨를 꾹 잡았다 놓았다. 산이는 어떻게 답해야 할지 몰라 어머니를 돌아보았다.
"아, 아입니더. 야는 운동할 아가 아입니더. 음악을 합니더."
어머니가 손사래를 쳤다.
"음악이요? 무슨 음악이요?"
김 선생이 놀란 눈으로 되물었다.
"야는 국악을 합니더. 소리도 잘하고 가야금도 잘 탑니더."
"호오, 그래요? 요즘 세상에 국악 해서 밥 먹고 삽니까?"
김 선생은 뜻밖이라는 듯 산이의 위아래를 훑어보았다. 그러더니 얼굴을 굳히며 한마디 덧붙였다.
"나라를 위해서 너 같은 애는 운동을 해야 하는데…. 체력은 국력이지요. 대통령 각하께서 그렇게 말씀하셨습니다."
"잘 압니더. 그치만도 야는 덩치만 컸지, 운동은 제로라예. 야가 운동을 하면 선생님만 애가 타실 낍니더."
어머니는 마지막으로 쐐기를 박아 놓고 집으로 돌아갔다.
김 선생을 따라 6학년 8반으로 들어서자 수많은 아이의 눈동자가 산이에게 쏠렸다. 산이는 괜히 목덜미 뒤가 화끈거려 고개를 숙였다.
"전학해 온 강산이다. 싸우지 말고 친하게 지내도록 하고. 에, 강산이는 저기 저 자리에 가 앉아라."

선생님이 삼 분단 맨 뒷자리를 손가락으로 가리켰다. 그곳에는 얼굴이 시커멓고 머리는 빠글빠글 볶아 놓은 것처럼 꼬부랑거리는 남자애가 앉아 멀뚱히 산이를 바라보고 있었다. 흑인 혼혈아라는 사실을 한눈에 알 수 있었다. 산이는 선생님이 가리킨 대로 꼬부랑 머리 옆자리에 앉았다. 자리에 앉자마자 꼬부랑 머리는 팔꿈치로 산이를 툭 건드리며 속삭였다.

"너 여기 넘어오면 죽을 줄 알아."

책상 한가운데에는 굵은 줄이 푹 파여 있었다. 산이는 뻔한 짓거리에 눈살이 찌푸려졌지만, 고개를 끄덕여 주었다.

"나는 김수한이다. 건드리면 죽을 줄 알아."

아이가 책상 밑으로 주먹을 들어 보였다. '죽을 줄 알아'밖에 모르는가 싶어 피식 웃음이 나왔다. 굵게 쌍꺼풀진 눈이며 부리부리한 눈매가 조지와 매우 닮았다. 흑인들은 모두 비슷하게 생겼나 보다, 생각했다.

"뭘 봐? 죽어!"

또 '죽어'를 내뱉으며 주먹을 들어 보였다. 산이는 일부러 겁먹은 표정으로 눈을 내리깔았다. 그제야 수한이는 자세를 바로 하며 선생님을 보았다.

종례가 거의 끝나 갈 무렵, 선생님이 산이에게 손짓하며 집에 가지 말고 남으라고 했다. 무슨 일인가 싶었지만, 산이는 청소가 끝날 때까지 조용히 기다렸다.

"운동장에 나와 봐라."

산이가 보는 앞에서 양복바지를 벗고 운동복으로 갈아입은 선생님은 대답도 듣지 않고 성큼성큼 교실을 빠져나갔다. 운동장에는 대여섯 명의 아이가 옹기중기 모여 있다가 선생님을 보자, 놀란 듯이 화다닥 줄을 맞춰 일렬로 섰다. 아직 날씨가 쌀쌀한 이른 봄인데도 아이들은 푸른 색상의 짧은 바지와 흰 셔츠를 입고 있었다. 거기에는 뜻밖에도 수한이도 있었다.

"새로 온 강산이다."

산이는 깜짝 놀라 선생님을 보았다. 어머니가 운동을 시키지 않겠다고 분명히 말했는데도 선생님은 산이를 운동부에 끼워 넣을 심산인가 보았다.

"깜둥이, 나와 봐라."

선생님이 손가락을 까닥거리며 수한이를 불렀다. 수한이가 놀란 토끼마냥 화다닥 앞으로 뛰어나왔다. 다른 아이들은 추워서 얼굴이 푸르뎅뎅 얼어 있는데, 수한이만큼은 얼굴이 검어서 그런지 말짱해 보였다.

수한이는 선생님 앞에 차렷 자세를 하고 섰다.

"강산이, 김수한하고 달리기 시합을 해 봐라. 저기 저 골대까지 달려갔다가 돌아오는 거다."

선생님은 운동장 가장자리에 우뚝 서 있는 축구 골대를 가리켰다. 말이 축구 골대이지 낡은 골망조차 없었다. 선생님은 호루라기를 입에 물었다.

"서…선생님, 지는 운동 못합니더."

"운동을 잘하고 못하는 건 내가 결정한다. 만일 네가 김수한이를 이기면 핸드볼선수가 되는 거고 지면 내가 포기하는 거다. 대신 날 속일 생각 말고 있는 힘껏 달려야 한다. 알겠나?"

선생님의 고함에 산이는 저도 모르게 어깨를 움츠렸다. 산이는 수한이와 함께 나란히, 선생님이 그어 놓은 줄 앞에 섰다. 수한이는 큰 주먹을 꾹 움켜쥐고 큰 눈으로 골대를 노려보았다.

"자, 요잇, 호르륵!"

산이는 일부러 요령껏 천천히 달렸다. 그런데 뜻밖에도 수한이가 산이보다 더 느린 것이 아닌가! 흘긋 옆을 보니 수한이는 이를 악물고 달리는데도 팔과 다리가 따로 놀며 거북이처럼 어기적거리고 있었다.

'뭐야, 이 자식.'

요령껏 천천히 달리는 것도 한계가 있었다. 결국 산이는 마음과는 달리 수한이를 이기고 말았다.

"그거 봐라. 너는 결코 운동에 소질이 없는 게 아니다. 오늘부터 강산이는 핸드볼 팀 신입 부원이다."

선생님 말에 수한이를 비롯해 아이들이 박수를 쳤다. 산이는 그만 어이가 없어 쓸개 씹은 표정이 되었다. 그런데 가만히 보니 수한이 녀석이 싱글싱글 웃고 있었다.

'저 녀석, 일부러 천천히 달린 건가?'

산이가 마음속으로 고개를 갸웃거리고 있는데, 수한이가 한쪽 눈을 찡긋 감아 보였다. 그제야 산이는 수한이에게 속은 것을 깨달았다. 참으로 속을 알 수 없는 녀석이었다.

운동부 아이들은 선생님 지시대로 운동장을 서너 바퀴 돌고 나서 바닥에 앉았다. 누군가 교단 앞으로 달려가더니 바구니를 들고 왔다. 바구니에는 학교에서 급식으로 주는 구운 옥수수빵이 그득했다. 아이들은 옥수수빵을 두 개씩 들고 먹기 시작했다. 점심도 거른 채 운동장을 서너 바퀴 돌았으니, 산이 역시 몹시 배가 고팠다. 다른 아이들처럼 산이도 옥수수빵을 양손에 하나씩 집어 들었다. 갓 구워 낸 구수한 냄새가 코를 찔렀다.

"우린 이거 날마다 실컷 먹는다. 내 덕분인 줄 알아."

수한이가 옆에 앉으며 말했다. 산이는 부아가 확 치밀었다. 대체 이 엉뚱한 녀석은 뭐지? 누가 옥수수빵 먹고 싶다고 했나 하는 역한 심정이었다. 산이가 눈길을 꼿꼿하게 세우자 수한이가 빙글 웃었다.

"넌 내가 너보다 느린 줄 알지? 바보! 그거 모르면 죽어."

산이는 할 말을 잃었다. 대체 이 녀석은 왜 말끝마다 '죽어'를 달고 살며, 녀석의 속셈은 무엇일까? 산이는 그런 생각을 하며 수한이를 멀뚱히 쳐다보았다.

"우리는 옥수수빵 말고 가끔 가루우유도 먹어."

수한이는 산이의 눈길에는 아랑곳하지 않고, 맛나게 옥수수빵을 먹었다.

아이들 모두가 고소한 가루우유를 좋아한다는 것을 산이도 익히 알고 있었다. 먼저 학교에서도 커다란 밥솥에서 가루우유를 쪄서 네모나게 자른 것을 급식으로 주기는 했다. 아이들은 그걸 '우유과자'라고 했다. 그러나 그건 가물에 콩 나듯 아주 가끔 있는 일이었다.

그러나 산이는 밥솥에서 쪄서 주는 학교 우유가 별로였다. 어머니는 가끔 미군클럽에서 가루우유를 얻어 왔는데, 하얀 가루에 설탕을 넣어 끓는 물을 부어 주었다. 어머니는 그게 '분유'라고 했다. 고소하고 달콤한 맛은 학교에서 주는 우유과자에 비할 바가 아니었다.

"우유과자 좋아해?"

산이가 묻자, 수한이가 크게 고개를 끄덕였다.

"나는 별로야."

"왜?"

수한이가 큰 눈을 더욱 크게 부라리며 물었다.

"어어…."

산이는 입을 다물었다. 어머니가 미군클럽에서 노래를 부른다는 사실을 알면 아이들이 '양갈보 똥갈보'라고 놀릴 게 뻔했다.

"그냥."

산이가 얼버무렸다. 그때 호루라기 소리가 들렸다. 운동장에는 어느새 키가 큰 운동부원들이 나와 공을 주고받았다. 등에는 '동두천중'이라는 로고가 붙어 있었다.

"저 형들도 핸드볼선수야?"

산이가 물었다.

"응, 진짜 핸드볼선수야. 여기서 합동 연습해. 저 형들 진짜 잘한다."

수한이는 처음 만났을 때 주먹을 보이며 '죽어' 하던 아이가 아니었다. 착하고 순한 아이 같았다.

"야, 깜둥이. 공 주워 와."

핸드볼 연습을 하던 형들이 수한이를 부르자, 수한이는 총알같이 달려가 공을 주웠다.

"야, 너희도 빨리빨리 공 주워."

덩치가 큰 형이 소리를 빽 질렀다. 그 형이 팀의 주장이라고 수한이가 알려 주었다.

5학년, 6학년 아이들은 중학생들이 놓친 공이 라인 밖으로 굴러 올라치면 잽싸게 달려가 공을 주워 골망에 담았다. 그랬다가 연습할 공이 없으면 라인 안으로 넣어 주었다. 형들은 힘차게 달려와 점프를 하고 슛 연습을 했다. 산이가 보기에 한 사람이 수백 번은 던져 넣는 거 같았다. 그중에 주장 형이 총알처럼 달려와 높이 점프를 하며 골대 안으로 공을 내리꽂는 모습은 일품이었다. 키퍼가 제아무리 두 팔과 두 다리를 허우적대며 막아도 주장의 공은 막지 못했다.

슛 연습을 마친 선수들은 편을 나누어 시합을 했다. 핸드볼 시합을 처음 본 산이는 신기하고 재미있었다. 요리조리 상대편과 몸싸움을 하기도 하고, 몸을 돌려 상대를 속이기도 하다가 번개처럼 달려가 골문 안으로 슛을 쏘는 모습은 기가 찼다. 한참 동안 입을 벌리고 구경하다 보니 어느덧 뉘엿뉘엿 해가 지고 있었다.

"자, 국민학생은 집으로 가고, 중학생은 더 남아서 연습한다."

김준식 선생이 호루라기를 불어 아이들을 집합시킨 다음, 국민학생은 집으로 돌아가도 좋다고 했다.

산이는 수한이와 나란히 교문을 나섰다. 알고 보니 6학년 중에서 핸드볼선수로 뽑힌 아이는 김수한과 강산, 둘이었다. 물론 정식 선수는 아니었고, 수한이 말처럼 후보도 아니었다. 학교에서는 선수 육성을 위해 미리미리 체격 좋은 아이를 발굴하여 체력 훈련을 시키는 거였다. 그런 다음 중학교 핸드볼부로 보낸다고 했다. 알고 보니 동두천중학교는 전국적으로 핸드볼부로 유명한, 일명 핸드볼 명문이었다.

"나는 니가 좋다. 니도 나 안 좋아하면 죽어."

교문을 나서면서 수한이가 팔을 뻗어 산이 어깨에 척 걸쳤다. 넉살 좋은 수한이 때문에 산이는 마음이 푸근해졌다. 좋은 친구를 사귀다니 전학 첫날부터 운이 좋았다. 다만 방과 후에 핸드볼 연습을 한다면 어머니가 뭐라고 하실지 걱정은 되었다.

산이는 당분간 어머니에게는 비밀로 하리라 마음먹었다.

나눠 가진 비밀

산이는 방과 후에 수한이와 함께하는 핸드볼 연습에 푹 빠졌다. 비록 달리기와 점프 등 기초 체력 훈련이 대부분이긴 하지만, 이따금 공을 주고받는 패스와 슛 연습이 매우 재미있었다. 게다가 수한이와 어울릴 수 있다는 것이 무엇보다 좋았다.

"깜둥이 자식아, 좀 잘해라. 응?"

중학교 선수 부원들은 유독 수한이를 못살게 굴었다. 주운 공을 가져다주면 몸이 굼뜨다며 짜증을 내고, 던져 주는 공을 수한이가 살짝 놓치기만 해도 욕을 하거나 발길질을 했다. 수한이라는 이름 대신 '깜둥이'라고 부르는 건 다반사였다. 산이는 그럴 때마다 울컥해서 저도 모르게 불끈 주먹이 쥐어지곤 했다. 그러나 정작 수한이는 그런 놀림에는 이골이 난 것처럼 잘 견뎠다. 욕을 먹어도 얻어터져도 시무룩해 있다가는, 금세 '히히' 웃으며 얼굴을 폈다.

보다 못한 산이가 한마디 했다.

"니 바보가? 와 그러고 사노?"

"내가 뭘?"

수한이는 화가 잔뜩 난 산이를 멀뚱하게 바라보았다. 도대체 산이가 화를 내는 이유를 모르겠다는 투였다.

"아무리 중학생이라 캐도 깜둥이라고 놀리면 주먹으로 한번 갈겨 뿌리라. 니 주먹 세다 아이가?"

그러자 수한이가 피식 웃으며 말했다.

"우리 엄마가 죽어지내라 했다. 나 같은 깜둥이 튀기가 이 땅에서 살려면 그래야 한다더라."

"뭐라꼬?"

산이의 가슴이 쿵 내려앉았다. 죽어지내라는 말은 산이도 수십 번 들은 말이었다. 빨갱이 자식뿐 아니라, 아버지가 흑인이어도 죽어지내야 하는구나.

"그…그래서, 니 만날 그리… 사나?"

산이는 가슴이 먹먹해서 말을 더듬었다. 문득 배가 불러 오는 어머니가 떠올랐다. 어머니는 조지의 아이를 임신한 것이 틀림없었다. 그렇다면 지금 엄마 뱃속에 있는 산이의 동생도 수한이처럼 죽어지낼 수밖에 없다는 말이 된다. 산이의 등허리에 갑자기 식은땀이 쭉 흘렀다.

산이가 안타깝게 수한이를 바라보자, 수한이가 싸늘하게 말했다.

"나만 보면 심심풀이 오징어 땅콩으로 씹어 대는 놈들…. 언젠가는 갚아 줄 거야. 죽여 버릴 거야."

산이는 새삼 수한이가 무서운 아이라는 생각이 들었다. 속으로 화가 나도 안 그런 척 겉으로는 웃다니. 산이는 죽었다 깨어나도 그렇게는 못 할 것 같았다.

문득 산이는 수한이도 자기처럼 나이를 속인 게 아닌가 하는 생각이 들었다. 국민학생치고는 하는 짓이 어쩐지 어른스러웠기 때문이다.

"니 진짜 몇 살이고?"

"갑자기 왜 나이를 물어?"

수한이가 당황한 것처럼 우물쭈물했다.

"내는 솔직하게 말하면 열다섯 살이다. 그런데 우리 어무이가 호적을 늦게 올려 가꼬 열세 살이다. 니는 진짜 열세 살이가?"

"뭐라고? 열다섯 살? 우하하하."

수한이는 실실 웃으며 주먹으로 산이 어깨를 툭 때렸다. 산이는 어리둥절해서 수한이를 노려보았다.

"하하, 우리 같짱이다. 같짱!"

"뭐라꼬? 같짜앙?"

"그래. 나도 실제로 열다섯 살이다. 그리고 생일이 일월이다. 그러니 내가 형이다."

산이는 어이가 없었다. 수한이와 동갑이라니.

"그걸 우째 믿노? 막말로 니가 구라쳐도 내는 모린다 아이가."

산이는 수한이가 동갑이라는 사실에 기분이 좋으면서도 어쩐지 어깃장을 놓고 싶었다.

"그럼 우리 팔씨름 한 판 할까? 내가 이기면 형이고, 니가 이기면 나는 니 친구다."

"쳇!"

산이는 억울했다. 괜히 나이 이야기를 꺼내 가지고 본전도 못 찾게 생겼으니 말이다.

"왜 자신 없어? 그럼 나를 형이라고 불러라."

수한이가 킬킬 웃으며 산이를 놀렸다.

"좋다. 한 판 해 보자."

산이가 운동장 바닥에 배를 깔고 엎드렸다. 수한이 역시 배를 깔고 엎드렸다. 둘은 불끈 힘을 주어 오른손을 맞잡았다.

"요잇, 땅!"

둘은 상대를 이기려고 온 힘을 오른 손목으로 모았다. 얼굴이 벌게지며 씩씩거렸지만 좀처럼 승부가 나지 않았다. 그러나 점점 산이는 손목에서 힘이 빠지는 걸 느꼈다. 산이는 나머지 젖 먹던 힘까지 오른팔에 모았다. 순간 수한이의 팔이 맥없이 푹 넘어갔다.

"와, 이겼다."

산이가 만세를 부르며 벌떡 일어났다. 그러나 정작 팔씨름에서 진 수한이는 별로 억울한 기색도 없이 씩 웃기만 했다. 순간 산이는 수한이에게 완패를 당했다는 걸 알았다. 수한이는 지난번 달리기 시합 때처럼 일부러 진 것 같았다. 산이는 기분이 팍 상했다.

"비겁한 자식."

화가 난 산이가 주먹으로 수한이 가슴을 퍽 때렸다.

"왜 그래? 니가 이겼잖아."

"누굴 바보로 아나? 일부러 그랬다 아이가."

"아냐, 아냐. 니가 진짜로 이겼어."

수한이가 당황한 듯 손사래를 쳤다. 산이가 계속 씩씩대자, 수한이가 산이 어깨를 그러안았다.

"미안해. 니가 친구 안 할까 봐서…."

크고 흰자위가 많은 수한이 눈이 순간 벌게졌다. 수한이의 눈물을 보자, 산이는 그만 가슴이 먹먹해졌다.

"누가 친구 안 한 대나? 니는 영원한 내 친구다."

산이 눈에도 찔끔 눈물이 고였다. 산이는 주먹으로 눈두덩을 눌렀다. 수한이도 시커먼 주먹으로 눈물을 닦았다. 산이는 수한이 어깨에 팔을 둘렀다. 둘은 어깨동무를 하고 교문을 나섰다.

"수한아, 내 비밀 하나 말해 줄까?"

산이는 수한이에게만은 모든 걸 말해 주고 싶었다. 어머니가 미군클럽에서 노래를 부르고, 깜둥이 조지와 같이 산다고, 그리고 친아버지가 북으로 갔다는 것두. 그러나 곧 산이는 아버지 이야기는 빼기로 했다.

"비밀? 무슨 비밀인데?"

수한이가 눈을 빛내며 물었다.

"우리 어무이도 깜둥이 조지하고 산다. 미군클럽에서 청소도 하고, 가끔 노래도 부른다."

수한이가 가던 걸음을 뚝 멈추고, 어깨동무를 풀었다.

"그래서 뭐?"

수한이는 화가 난 사람처럼 산이를 노려보았다. 갑작스러운 반응에 산이는 당황스러웠다.

"나…나는 그냥…."

수한이는 쩔쩔매는 산이를 한동안 노려보더니, 한숨 쉬듯 입을 열었다.

"나는 엄마가 없어. 아버지가 누군지도 몰라."

"뭐라고? 그…그런데 니 예전에 엄마 얘기했다 아이가."

"아하, 그 엄마? 양지고아원 원장님이다. 우리는 원장님을 엄마라고 불러. 너 몰랐어?"

산이는 놀라서 수한이를 바라보았다. 수한이가 고아라니. 뜻밖이었다.

"나는 갓난아기 때 버려졌어. 그래서 엄마 얼굴도 몰라. 깜둥이 아버지는 미국으로 날라 버리고. 제기랄."

수한이가 화난 사람처럼 길가의 돌멩이를 발로 툭 찼다. 그러더니 성큼성큼 몇 발 걸어가다가 우뚝 걸음을 멈추고 말끔한 얼굴로 뒤를 돌아보았다.

"강산, 우리 저기까지 뛰어가자."

수한이가 하얀 꽃을 주렁주렁 매달고 있는 아카시아를 가리켰다. 아카시아는 수한이와 산이가 헤어지는 갈림길에 있는 나무다. 며칠 전부터 꽃망울을 터뜨려 진한 향기를 내뿜고 있었다.

수한이는 산이의 대답을 채 듣기도 전에 달리기 시작했다. 산이가 곧 뒤를 따라 달렸다.

"김수한, 반칙, 반칙."

산이가 숨을 헐떡이며 외쳤다.

"똑같이 달려도 내가 일등이야."

수한이가 어깨를 으쓱하며 히죽 웃었다. 어느새 수한이는 제자리로 돌아와 있었다. 웃는 수한이를 보니 산이는 마음이 놓였지만, 마음 한구석이 짠해졌다.

"비겁한 자슥."

산이가 짐짓 화가 난 것처럼 수한이를 흘겨보았다.

"산아, 그래도 다른 애들한테는 깜둥이하고 산다고 말하지 마라."

"안다, 내도. 숱하게 놀리더라. 개새끼들."

산이가 아카시아 밑에 침을 찍 뱉었다. 주렁주렁 달린 아카시아 꽃이 바람에 일렁였다. 수한이가 손을 뻗어 아카시아꽃 한 송이를 뚝 따서 입으로 가져갔다.

"내가 고아란 거 애들은 다 알거든. 그러니 그거 비밀도 아니야. 하지만 네 비밀은 꼭 지켜 줄게."

"뭐꼬? 또 내가 손해 봤다 아이가?"

"흐흐흐, 이거나 먹어라."

수한이가 아카시아꽃을 쭉 훑어서 산이 입으로 쑤셔 넣었다. 산이는 입안으로 들어오는 달콤한 향기에 그만 입을 다물고 말았다.

"사실 나는 몇 살인지 잘 몰라. 열세 살인지, 열네 살인지…. 고아원 앞에 버려졌을 때 아장아장 걸었다니까 세 살쯤으로 짐작했다고 그러더라. 생일도 고아원에 들어온 날로 정했대. 수한이란 이름도 고아원에서 지어 준 거야. 유명한 신부님 이름이 김수환이라더라. 그래서 원장 엄마가 그렇게 훌륭한 사람 되라고 비슷하게 김수한이라고 지은 거래. 그런데 웃기지? 훌륭한 신부님 이름과 똑같이 짓지 않고 비슷하게 지은 거. 쳇, 나는 영원히 훌륭한 사람 되기는 틀렸다."

나무 밑에 쪼그리고 앉아 아카시아꽃을 따 먹으며 수한이가 투덜거렸다.

"그런 말이 어딨노? 니는 훌륭한 사람이 꼭 될 끼다. 그 유명하다는 신부님보다 더."

그러자 수한이가 이를 드러내며 씩 웃었다.

"이제 됐지? 내 비밀은 바로 이거야. 생일도 이름도 나이도 잘 모른다는 거."

산이는 그날 수한이에게 동생처럼 정이 갔고, 형처럼 믿음직스러웠다.

어머니 마음

"니 요즘 뭐 하고 다니노? 이상하데이."

어머니는 까맣게 그을린 산이의 얼굴을, 뚫어져라 바라봤다. 산이는 찔끔했다. 어머니는 요 며칠 사이 집에 있는 날이 많았다. 배가 불러 오면서 클럽에 나갈 수 없었기 때문이다.

"암것도 아니다. 가을볕에 얼굴이 안 끄슬리나?"

산이는 짐짓 시치미를 떼었다.

"귀신을 속여라. 내 눈은 못 속인다. 니 요즘 운동하제?"

산이는 어머니 눈길을 피했다. 이미 어머니는 다 알고 묻는 듯했다.

"운동이 좋나?"

산이는 어머니 물음에 선뜻 대답하지 못했다. 자기가 생각해도 결코 운동이 좋아서 하는 건 아니었기 때문이다. 그저 수한이와 함께하는 시간이 재미있고 좋을 뿐이었다. 공을 다루는 솜씨도 그저 그랬다. 또래 아이들보다 빨리 달리는 것과 힘이 좋은 것은 다만 그들보다 나이가 많기 때문이라는 것도 산이는 알고 있었다.
"니는 운동을 하면 안 된다."
"와?"
"니는 가얏고를 해야 한다."
"운동을 하면 가얏고 몬 하나?"
"니 맹추가? 이제 중학교에 가면 공부도 안 하고 하루 종일 운동장에서 살아야 할 텐데 언제 공부할 끼고? 재능만 믿고 노력 안 하믄 안 된데이."
산이는 할 말이 없었다. 어머니 말이 백번이나 옳았으니까.
"그라고 이제부터 마음 써서 꼬부랑말 공부하거라."
"내는 미국 가기 싫다."
갑자기 산이는 낯선 곳에 대한 거부감이 일었다. 조지가 무작정 싫은 것은 아니었지만, 조지처럼 흑인이나 노랑머리 코쟁이들이 득시글거리는 곳은 결코 가고 싶지 않았다.
"가기 싫어도 가야제. 하기사 가고 싶다고 해서 다 가는 것도 아이지만도."
어머니는 혼잣말처럼 말하고 한숨을 쉬었다. 어머니의 불룩한 배가 오르락내리락했다. 왠지 어머니의 얼굴이 어두워 보였다. 그러고 보니 주말마다 들르던 조지가 요즘 들어 발걸음이 뜸해진 것 같았다.

"어무이 얼굴이 와 그라노? 무슨 일이 있나?"

산이는 어머니 눈치를 살피며 물었다.

"일은 무슨 일? 딴생각 말고 오늘부터 내하고 꼬부랑말이나 공부해 두자. 선생님에게는 내가 말해 두꾸마."

어머니는 산이의 눈길을 피하며 말끝을 돌렸다. 화가 난 선생님보다 실망한 수한이 얼굴이 떠올랐다.

"올해만 운동하면 안 되나?"

"야가 뭔 소리를 하노? 니 요새 집에만 오면 곯아떨어지는 거 내 다 안다. 잔소리 말고 시키는 대로 해라."

어머니는 두 번 다시 대꾸하지 못하도록 산이에게 못을 박았다. 그러고는 저녁 밥상을 치우자마자 꼬부랑글자가 쓰인 책자를 산이 앞에 들이밀었다.

다음 날, 산이는 선생님에게 핸드볼을 못 하겠다고 말씀드렸다.

"핸드볼부는 네 마음대로 하고 싶다고 하고, 하기 싫다고 안 하는 곳이 아니다. 말 그대로 너는 나라의 부름을 받았단 말이다. 알겠나?"

선생님은 산이의 말을 철저히 무시했다. 산이는 어머니가 맘에 걸렸지만, 수한이가 있기에 방과 후에 남아 못 이기는 체하고 운동을 했다.

"니 와 말을 안 듣노?"

어머니가 산이를 채근했다.

"선생님이 안 된다 카드라. 한번 뽑히면 빼도 박도 못 하는 기라."

산이는 선생님 말을 그대로 어머니에게 전했다.

"그래? 안 되겠구마. 약을 써야지."

"약? 무슨 약?"

"니는 몰라도 된다. 어서 꼬부랑말이나 공부해라."

어머니는 밑도 끝도 없는 말을 하고는, 영어책을 산이에게 밀어 주었다.

"강산이, 이리 나와."

운동복으로 갈아입은 선생님의 표정이 좋지 않았다. 산이는 싸늘한 말투에 바짝 긴장이 되었다. 짚이는 게 있어서였다.

"네 어머니가 핸드볼 시키지 말라 하시더라. 그러면서 이걸 주고 가시던데."

선생님의 말투에는 비웃음이 잔뜩 서려 있었다. 선생님은 손가락 사이에 양담배를 끼우고 산이 코앞에 들이밀고는 보란 듯이 까닥거렸다. 양담배는 얄밉도록 가늘고 얄팍했다.

산이는 순간 눈살을 찌푸렸다. 예상하지 못한 일이었다.

"미제 장사한다 하시더군."

선생님은 담뱃불을 붙여 입에 물었다. 그러고는 볼을 쭉 오므려

담배 연기를 깊이 빨아들여 산이 앞으로 길게 내뿜었다.
"역시 양놈의 담배 맛은 끝내주네."
산이는 몸이 딱딱하게 얼어붙는 것 같았다. 왠지 살얼음판을 걷는 것처럼 긴장이 되었다. 대체 어쩌자고 어머니는 저런 짓을 벌였는가 싶어 슬그머니 어머니가 원망스럽기까지 했다.
"머지않아 동생 보게 생겼대. 생활기록부에는 아버지가 없는 걸로 나왔는데 말이야."
김준식 선생은 꽈배기 꼬듯이 말을 배배 꼬며 이죽거렸다. 순간 산이의 얼굴이 홧홧하며 뜨거워졌다. 선생님의 의도가 빤히 보였기 때문이다. 입술을 꾹 깨물고 발끝에 눈길을 박았다.
"좋아. 어찌 되었거나 핸드볼이 싫다면 어쩔 수 없지. 대신 이 담배, 맛이 아주 죽인다고 가서 어머니께 말씀드려라."
선생님은 산이 어깨를 툭툭 두드리며 자리에서 일어섰다. 산이는 얼어붙은 것처럼 그 자리에 딱딱하게 서 있었다.
"어서 가 봐. 어머니 기다리신다."
선생님은 호루라기를 목에 걸더니 휘적휘적 교실 밖으로 나갔다. 선생님이 운동장으로 나가자 교실 뒷문에 숨어서 산이가 나올 때를 기다리던 수한이가 다가왔다.
"산이야, 왜 그래? 무슨 일이 있는 거야?"
산이는 대답 대신 고개를 저었다. 웬일인지 눈시울이 더워지며 눈물이 쏟아지려 했다.

"아무것도 아니야."
"아니긴 뭐가 아니야?"
수한이가 다그쳤다.
"나 이제 핸드볼 못 해."
"왜?"
수한이 목소리가 커졌다. 동시에 커다란 눈도 왕방울만 해졌다.
"그래 됐다. 내는 원래 운동에 소질 없다."
산이가 억지웃음을 지어 보였다.
"그래서 선생님이 하지 말래?"
산이가 고개를 저었다.
"그럼 왜?"
문득 산이는 꼬치꼬치 캐묻는 수한이가 짜증스러웠다.
"니는 뭐가 그리 궁금하노?"
눈살을 찌푸리며 산이는 소리를 꽥 지르고 말았다. 그러고는 가방을 들고 냅다 교실을 뛰쳐나왔다. 가슴속에서 훅훅 불길이 일었다. 생전 처음으로 어머니에 대한 분노가 솟구쳤다. 담임에게 양담배라니. 미군 부대 다닌다고 광고할 일 있나 싶었다.

산이는 집을 향해 숨이 턱에 차도록 달렸다. 가을 뙤약볕이 산이의 뒷덜미를 뜨겁게 달구었다. 이마와 목덜미, 등허리에서 사정없이 비지땀이 흘러내렸다.

소리 내어 대문을 열고, 마당으로 들어서던 산이는 멈칫 서 버렸다.

똥, 똥기둥. 안방에서 가야금 소리가 새어 나왔다. 오랜만에 듣는 소리였다. 가야금 소리가 들리자 부글거리던 속이 이상하리만치 차분해졌다. 산이는 숨을 고르고 천천히 마루 끝에 걸터앉았다. 그러자 어머니가 연주하는 가야금 장단이 또렷하게 들렸다.

똥기둥, 똥똥, 느린 진양조장단 가락에서 시작해서 중모리장단으로 넘어가더니 빠른 물살에 자진모리장단이 한동안 파도처럼 터져 나왔다. 폭풍우에 파도가 넘실대다 숨을 고르듯 장단은 중중모리장단으로 이어졌다.

산이가 알지 못하는 곡이었다. 이미 알려진 곡이 아니라 어쩌면 어머니는 가야금으로 자신의 마음을 표현하는 것 같기도 했다.

긴 연주가 끝나고도 방 안은 조용했고, 산이는 여전히 마루 끝에 앉아 있었다. 가을의 긴 햇살이 마루 깊숙이 들어와 구석지기에 있는 3단 서랍장까지 비추었다. 마당 구석에 우뚝 서 있는 미루나무에서 이제까지 잠잠하던 늦매미가 자지러지게 울기 시작했다. 한 마리가 울기 시작하자 다른 매미들도 화답하듯 합창을 시작했다.

매미 울음소리가 잦아들 무렵, 산이는 더 이상 참지 못하고 방문을 왈칵 열어젖혔다.

어머니는 그린 듯이 앉아 있었다. 연분홍 저고리에 초록 치마를 입고 곱게 화장을 하고서. 불룩한 배는 초록 치마 밑에 숨어서 잘 보이지 않았다.

"어무이, 뭐 하노?"

"왔드나?"

어머니 목소리는 잠겨 있었다. 까닭 없이 산이의 가슴이 툭 내려앉았다.

"이리 온나. 오랜만에 내캉 한판 벌이자꾸마."

어머니가 옆에 있던 가얏고를 산이 쪽으로 밀어 주었다. 산이는 가방을 내려놓고 가얏고를 잡았다. 산이 역시 가얏고를 잡기는 오랜만이었다. 그동안 새 학교에 적응하느라, 수한이와 노느라 가얏고를 잊고 있었다. 잠잠히 숨어 있던 가락에 대한 열정이 올올이 살아나는 듯했다. 산이의 몸이 점점 더워졌다.

"니가 먼저 길을 잡아라."

어머니가 산이에게 눈짓을 했다.

"어무이가 먼저 해라."

"니 자신 있나?"

산이가 고개를 끄덕였다. 가야금을 잡은 어머니 입가에 미소가 어렸다. 산이 역시 미소로 화답했다.

어머니는 천천히 가야금 줄을 타기 시작했다. 눈을 감고 한동안 어머니가 연주하는 가락을 음미하던 산이가 이윽고 뒤따라가기 시작했다.

둥기당, 둥기당, 뚱 뚱.

어머니의 가락과 산이의 가락이 뒤섞였다. 서로의 장단 또한 뒤섞였다. 장단과 가락이 어긋나며 뒤섞였지만, 묘하게 조화를 이루며 흘러갔다. 이름을 알 수 없는 곡조였지만, 산이와 어머니는 서로의 마음을 읽고, 가락과 장단을 맞추었다. 때로는 빠르게, 때로는 느리게 산이는 어머니가 연주하는 가락을 듣고는 그에 맞춤한 가락과 장단을 만들어 연주했다. 만든다는 표현은 어쩌면 어울리지 않는 것이었다. 그것은 산이의 깊은 속에서 절로 우러나오는, 이성적으로는 도저히 해석되지 않는, 신들린 가락과 장단이었다.

"뚜웅!"

이윽고 어머니가 손을 가볍고도 높이 들어 올리며 끝맺음했다. 어머니 입가에 흐뭇한 미소가 번졌다.

"니는 참말로…."

어머니가 침을 꿀꺽 삼켰다. 눈가에 눈물이 맺혔다.

"아부지가 옆에 있는 거 같다."

어머니 눈가에서 주르르 눈물이 흘러내렸다. 산이도 목이 메어 침을 꿀꺽 삼켰다. 근원을 알 수 없는 서러움이 북받쳐 올랐다.

"아부지가 참말로 너 같았다. 우찌 그리 내 맘을 잘 알든고?"

어머니가 가야금을 밀어내고 눈을 감았다.

"모시 적삼을 날아갈 듯이 채려입고 대청에 앉아, 가얏고를 연주하는 니 아부지를 단 한 번만이라도 다시 볼 수 있다면 지금 죽어도 여한이 읎다."

어머니가 방바닥에 푹 엎드렸다. 어머니의 어깨가 들썩였다.

"어무이, 우지 마라."

산이가 나지막하게 말했다. 양담배를 담임에게 갖다주고 비웃음을 사던 어머니에 대한 분노는 이미 산이의 마음속에서 눈 녹듯이 사라져 버렸다.

"내가 울지 않게 생겼나, 이 자슥아. 니만 보믄 무정한 서방이 생각나는데 우짜겠노?"

어머니가 불꽃 같은 눈으로 산이를 쏘아보았다.

"그기 내 죄가? 날 낳은 어무이 죄지."

산이가 어머니의 꼿꼿한 눈길을 눙치며 장난스럽게 말했다.

"망할 놈의 자슥. 능청스럽기는."

어머니가 하얗게 눈을 흘겼다.

"그런데 이 더운 날에 웬 한복이고?"

연분홍 저고리에 초록 치마는 어머니에게 잘 어울렸다. 요즘 들어 거뭇거뭇 끼어드는 기미만 없다면 어머니는 여전히 고운 얼굴이다.

"오늘이 니 아부지하고 혼례를 올린 날이다. 말하자면 결혼기념일이란 말이다."

순간 산이는 고운 한복을 입은 어머니가 한없이 안쓰러워지면서 가슴이 싸해졌다. 북으로 간 아버지도 오늘이 결혼기념일이라는 사실을 기억하고 있을까. 또 어머니를 저렇게 그리워할까. 산이는 마음속으로 고개를 저었다. 만일 그랬다면 아버지는 어린 산이와 어머니를 남겨 두고 북으로 가지는 않았을 것이다.

"어무이는 그리 아부지가 좋나?"

"모리겠다. 때로는 원망스럽기도 하고, 때로는 미치도록 보고 싶기도 하고."

"아부지도 우리를 그리워할까?"

"그것도 모리겠다. 생각해 보믄 빨갱이 사상이 참 무서븐 기라. 집도 절도 버리고 사상 따라 북으로 갔으니까 잘살겼지. 대우받고 잘살겼지. 내가 미친년인 기라. 그런 서방을 이리 가슴에 품고 사는 내가 미친 기라."

어머니는 갑자기 분노가 솟아오르는 듯 벌떡 일어나더니, 한복을 훌훌 벗어 던졌다. 불룩한 어머니 배가 하얀 속치마 속에서 더 도드라져 보였다. 산이는 알 수 없는 복잡한 마음이 되어 어머니의 불룩한 배를 바라보았다.

'대체 어머니는 어쩌려고 저랬을까?'

문득 수한이 얼굴이 떠올랐다. 깜둥이 혼혈들은 숨죽여 살아야 한다는 수한이, 그래서 친구들이 놀려도 묵묵히 웃음으로 견디는 수한이. 엄마 뱃속에 있는 저 아이도 수한이처럼 살 수 있을까.

문득 산이는 수한이가 못 견디게 보고 싶었다.

밟힌 꼬리

조지가 미국으로 돌아간 지도 여러 주일이 흘렀다.

돌아가서 자리가 잡히면 꼭 초청장을 보내마고 철석같이 약속했다. 그러나 아직 자리가 잡히지 않았는지, 혹은 미국과 한국이 너무나 멀어 편지가 더디 오는 건지 알 수 없었다.

혹시 주소를 잘못 적어 준 게 아닌가, 의심이 들 정도였다. 그러나 아무리 생각을 곱씹어 봐도 주소를 잘못 적어 주었을 리가 없었다. 그럼 혹시 적힌 주소를 잃어버린 게 아닌가, 불안했다. 그러나 조지는 그리 허튼사람이 아니었다.

정이는 잠이 오지 않았다. 웬일인지 굵은 동아줄이 시시각각으로 조여 오는 느낌이 들었다. 누우면 가슴이 답답하고 일어서면 머리가 어질어질했다.

아무래도 아기를 낳을 때가 되니 신경이 예민한 탓이라고 여겼다.

그랬던 것이 실제가 되어 나타났다.

산이가 학교에 가고 정이는 아기 낳을 준비를 하고 있었다. 아기 기저귀로 쓸 면포를 끊어다 폭폭 삶아 마당에 널고 난 뒤였다. 힘이 들어 볕이 드는 마루에 앉아 숨을 고르고 있을 때였다. 마당에 쏟아지는 가을 햇살이 눈부셨다.

누군가 대문을 똑똑 두드렸다. 웬일인지 가슴이 툭 떨어지며 걷잡을 수 없이 두근거렸다. 또 이국정이 보낸 그놈인가 싶었다. 어느새 그놈이 집까지 알아냈구나. 정이가 허둥지둥 몸을 숨기려 일어서는데 부드러운 목소리가 대문 틈새로 들어왔다.

"계세요? 편지 왔어요."

정이는 깜짝 놀라 나는 듯이 대문 앞으로 달려갔다. 대문에 걸린 빗장을 열자, 웬 사내가 빠르게 몸을 들이밀었다.

'앗!'

미처 놀랄 사이도 없었다. 대문 안으로 들어선 사내는 지난번 골목에서 만났던, 우악스러운 사내가 아니었다. 몸집이 호리호리하고 피부가 하얀 사람이었다.

"정은희 씨인가요?"

사내가 나긋한 소리로 물었다. 정이는 편지가 어디 있나 싶어 사내의 손을 먼저 살폈다. 그러나 사내는 검은 서류 가방 하나를 왼손에 들고 있을 뿐, 어디에도 편지로 보이는 물건은 없었다.

"정은희 씨 맞나요?"

사내가 다시 확인하듯 물었다.
"네, 그런데요."
정이는 '정은희'라는 이름이 지금껏 낯설었다. 남의 이름 같았다.
"클럽에서 제인이라는 이름도 쓰지요?"
정이가 고개를 끄덕였다. 왠지 느낌이 좋지 않아 눈살을 찌푸렸다.
"어이, 들어와."
사내가 대문 밖을 향해 소리쳤다. 그러자 두 사내가 대문을 열고 들어왔다. 그들은 똑같이 하얀 셔츠에 검은 바지를 입었다.
"뒤져."
먼저 들어온 사내가 나중에 들어온 사내들에게 날카롭게 말했다.
"왜… 왜 그러세요? 무슨…?"
혀가 굳어 말이 되지 않았다. 정이는 눈앞이 아득해지는 걸 느꼈다. 사내 두 명이 구두를 신은 채로 마루에 올라섰다.
"당신, 왜 조지 브라운 상사와 가깝게 지냈지? 뱃속에 든 아이도 브라운 상사 아인가?"
사내의 입꼬리에 비웃음이 달렸다. 정이는 대답하지 못했다. 걷잡을 수 없이 손이 떨리고 숨이 가빴다.
"아무래도 당신 이상해."
사내의 눈이 송곳처럼 날카롭게 정이의 몸을 훑었다. 정이는 온몸이 송곳에 찔린 것처럼 따끔거렸다.

"대체 무슨 일입니꺼?"

정이가 애써 마른침을 꿀꺽 삼키고 입을 열었다. 목소리가 갈라져 나왔다.

"당신 미제 물건 빼돌려 장사했지?"

사내는 이미 다 알고 왔다는 듯, 정이를 다그쳤다. 정이는 고개를 저었다.

"아닙니더. 조지가 준 겁니더. 절대로 그 물건 갖고 장사는 안 했습니더."

정이는 안간힘을 써서 쓰러지려는 몸을 붙들었다.

"조지가 준 거다? 호오."

사내가 코웃음을 쳤다.

"조지를 사귄 것도 계획적인 거 아닌가? 군사기밀이라도 빼내려고 말이야."

사내가 정이의 눈치를 보며 슬쩍 떠보는 말을 던졌다. 정이는 하마터면 '악' 소리를 내며 쓰러질 뻔했다. 그게 무엇을 뜻하는지 너무나 잘 알고 있기 때문이었다. 군사기밀이라니, 얼토당토않았지만, 만일 그런 누명을 쓰게 되면 사형감이란 걸 알고 있었다. 그건 간첩죄였다. 대한민국에서 간첩죄가 얼마나 큰 죄인지는 국민이라면 누구나 뼈저리게 알고 있던 터였다.

정이는 가까스로 몸을 지탱했다. 머릿속이 혼란스러웠다. 이들은 대체 누구며 무엇을, 어디까지 알고 있을까? 정신 차려. 장정이.

정신을 잃으면 안 돼. 정이는 마음속으로 안간힘을 써서 외쳤다.

"무슨 말을 그리 하십니꺼? 군사기밀이라니, 말도 안 됩니더. 조지와 나는 서로 사랑하는 사이고, 조지가 초청장을 보내면 곧 미국으로 들어갈 낍니더. 우린 결혼한 사이라예."

용기를 내니 거짓말처럼 말이 술술 빠져나왔다.

"사랑? 결호온?"

사내가 길게 말을 빼며 다시 코웃음을 쳤다.

"딸라가 제법 있는데요."

방을 뒤지던 사내 둘이 장롱 속에서 미국 돈을 꺼내 왔다.

"이거 뭐 아주 제대로 된 범죄자로군. 미군 물건을 빼돌려 미제 장사를 하질 않나, 불법으로 딸라를 소지하지 않나. 참 내."

사내가 다리가 아픈지 마루 끝에 걸터앉으며 비웃적댔다.

"딸라를 소지하면 불법인 거 몰라?"

방에서 나온 또 다른 사내가 소리를 빽 질렀다.

"그거 불법 아니라예. 얼마 되지 않는 돈입니더. 액수가 적은 딸라는 가지고 있어도 됩니더. 미국 갈 때 비행기표 사라고 조지가 주고 간 낍니더."

정이는 조지 핑계를 대었다.

"그래, 좋아. 그건 그렇다 치고 미제 물건으로 장사한 건 인정하는 건가?"

정이는 잠시 숨을 훅 들이켰다. 지면 안 된다. 정이는 마음을 다

잡았다.
"아닙니더. 절대 안 했어예. 클럽에서 청소하는 아줌마들에게 조금씩 나눠 준 거밖에는 없습니더."
정이는 시치미를 떼려 안간힘을 썼다.
"좋아. 오늘은 그만 가지. 증거가 나오면 그땐 당신 끝이야. 그리고 본국으로 돌아간 조지 상사에게 알아보면 되니까 괜히 들통날 거 피곤하게 시치미 떼지 마. 우린 당신 같은 사람을 조사하는 특수요원들이야."
사내들은 싸늘하게 내뱉고는 대문 밖으로 사라졌다.

"강산이, 어머니에게 말씀드렸나?"
김준식 선생의 입가에 느물거리는 웃음이 매달렸다. 산이는 아뿔싸, 목을 움츠리고 말았다. 양담배 맛이 좋더라는 말의 속뜻을 몰랐던 것은 아닌데, 어머니에게 선뜻 그 말을 전하지 못했다.
산이는 조마조마한 마음으로 며칠 동안 선생님 눈치를 살폈다. 그러나 선생님은 그 사실을 잊은 듯 잠잠하더니 드디어 오늘에야 운을 떼었다.
얼굴이 벌게진 산이가 고개를 숙이자, 선생님은 산이의 머리를 콕 쥐어박았다.
"오늘은 가서 단단히 말씀드려라, 알겠나? 안 그러면 너는 다시 애국해야 한다. 애국이란 몸 바쳐 나라를 사랑한다는 말이다. 이리 좋은 몸으로 애국을 안 한다는 게 말이 되냐 말이다. 교감 선생님도 너처럼 몸집이 좋은 아이는 운동을 해야 애국자라고 하시더라."

선생님은 손가락으로 산이의 이마를 툭툭 치며 이기죽거렸다. 그러더니 얼굴색을 바꾸어 다시 말했다.

"아 참, 교감 선생님도 양담배 좋아한다고 말씀드리세요. 아시겠어요, 강산 어린이?"

그러고는 우두커니 서서 눈치만 보고 있는 애꿎은 수한이를 향해 빽 소리를 질렀다.

"깜둥이, 넌 뭐 하고 있어? 운동장 안 나가고."

"네? 네."

수한이가 불에 덴 것처럼 화들짝 놀라며 어정쩡하게 대답했다.

"너도 핸드볼 하기 싫으면 강산이처럼 양담배나 갖고 와. 하긴 아무나 양담배 갖고 오겠냐? 저 강산이 엄마처럼 양놈하고 붙어살아야 가능한 일이지."

김준식 선생이 비아냥거렸다. 산이는 그의 뒤통수에다 침이라도 찍 뱉어 주고 싶은 걸 참느라 입술을 물었다.

"엿이나 먹어라."

수한이가 선생님의 뒷모습에 대고 팔뚝질을 했다. 산이 역시 행동으로는 못 옮겼지만, 할 수만 있다면 그의 엉덩이를 걷어차 주고 싶은 심정이었다.

"너 정말 운동하기 싫어 양담배 와이로(뇌물) 쓴 거야?"

수한이는 산이를 쏘아보며 눈살을 찌푸렸다. 눈길에 실망과 분노가 뒤섞여 있었다.

"뭐라꼬?"

"비겁한 자식. 와이로나 쓰고."

"와이로는 무슨…."

산이는 말을 잇지 못했다. 운동시키지 말라고 어머니가 양담배를 와이로로 쓴 것은 사실이었으니까.

"너 같은 놈하고 다시는 말도 안 한다."

수한이가 싸늘하게 내뱉고는 등을 돌렸다.

"야, 김수한! 내 말 좀 들어 봐."

산이가 뒤따라가며 수한이를 불렀지만 수한이는 들은 척도 않고 뛰어나갔다. 산이는 기가 막혔지만 어쩔 도리가 없었다.

운동장에는 핸드볼부 아이들이 줄을 맞춰 달리기를 하고 있었다.

"헛둘 헛둘."

주장 아이가 구령 소리를 내면 다른 부원들이 구령 소리에 맞춰 운동장을 돌았다. 살펴보니 수한이는 눈에 띄지 않았다. 덩치가 크고 얼굴이 까매 금방 눈에 띄었는데.

"어디로 갔지?"

산이는 저도 모르게 운동장 주변을 두리번거렸다. 그러나 수한이는 보이지 않았다. 마음이 쓰였지만, 산이는 터덜터덜 혼자서 교문을 빠져나올 수밖에 없었다. 입맛이 썼다. 비아냥거리는 선생님이나 오해로 앵돌아 선 수한이를 생각하니 마음이 편치 않았다.
당장 가서 어머니에게 양담배 일을 단단히 따지리라 마음먹으며 산이는 발길을 재촉했다.
골목으로 들어서자 낯선 지프가 좁은 골목을 꽉 차지하고 있는 게 보였다. 몇몇 조무래기들이 지프 주변을 돌며 신기한 듯 이리저리 만지고 있었다. 그러다 산이가 나타나자 시시덕거리며 꽁무니를 뺐다. 조무래기들은 도망가면서도 산이를 놀리는 것을 잊지 않았다.
"얼레리꼴레리, 깜둥이하고 양갈보하고 입 맞췄대요."
"얼레리꼴레리, 양갈보하고 깜둥이하고. 얼레리꼴레리."
조무래기들은 손가락을 양 볼에 갖다 대고 뱅글뱅글 돌리다가, 혓바닥을 날름 내밀었다 하며 놀려 댔다.
"이놈아들을 그냥 콱!"
산이가 주먹을 들어 조무래기들을 향해 확 내질렀다.
"음마야."
조무래기들이 놀라서 참새 떼처럼 흩어졌다.
'조지가 왔나?'
그러나 자동차는 늘 보던 조지의 지프와 달랐다. 조지의 지프는 국방색 천이 달린 군용 지프였는데, 골목의 것은 번쩍거리는 금속으로 둘러싸인 차였다. 좁아터진 골목을 지프가 차지하는 바람에 사람 하나 지나기가 버거웠다. 산이가 간신히 좁은 길을 빠져 집

앞으로 오자, 활짝 열린 대문이 먼저 눈에 들어왔다.

'어?'

걸음을 빨리해 대문 안으로 발을 들여놓는 순간, 산이는 그 자리에 우뚝 서고 말았다. 대문은 물론 방문까지 활짝 열렸고, 마루에는 옷가지며 잡동사니가 어지럽게 널려 있었다. 좋지 않은 예감에 산이의 머리카락이 쭈뼛 곤두섰다.

'도둑이닷!'

다리가 후들거렸다. 발바닥이 땅에 꽉 들러붙은 것처럼 꼼짝할 수가 없었다. 그러나 그것도 잠시였다. 검은 바지에 하얀 와이셔츠를 입은 사람들이 우르르 방 안에서 쏟아져 나왔기 때문이다. 모두 구두를 신은 채여서 마룻바닥에 선명하게 발자국이 찍혔다.

"완전 도둑년이네."

그들이 주절거리며 시시덕거렸다. 산이는 양담배를 비롯하여 초콜릿, 사탕, 분유 깡통 등 미제 물건을 한 아름 안고 가는 그들을 보았다.

'도둑년이라니? 그럼 어머니가 저 물건들을 훔쳐 왔다는 말인가?'

다리에서 힘이 쭉 빠졌다. 어머니가 클럽에서 몰래 훔쳤다는 사실이 믿기지 않았다.

눈초리가 날카로운 사내가 대문 옆에 눌어붙어 있는 산이를 흘긋 보더니 머리통을 콕 쥐어박았다. 좀 전에 담임선생에게 맞은 알

밤보다 더욱 매웠다. 머리통이 얼얼했다.

"뭘 보고 있어? 어서 집에 가지 못해?"

사내는 산이를 이웃집 아이로 착각한 것 같았다. 산이는 움찔 놀라 자기도 모르게 대문 밖으로 물러서고 말았다.

"좌우지간 빨갱이 놈들은 모두 주리를 틀어야 한다니까. 그냥 두면 안 돼."

"어쨌든 증거가 중요해. 증거를 잡아야지."

지프에 올라타며 그들은 주거니 받거니, 저희끼리 떠들었다. 그중에서 빨갱이라는 말이 가장 또렷하게 귓속을 파고들었다. 산이의 머릿속이 하얘지며 온몸이 저릿저릿 저려 왔다.

'어무이는?'

산이는 나는 듯이 집 안으로 달려들었다. 어머니는 방구석에 멍하니 서 있었다. 방 안 역시 옷가지며 이불이 쏟아져서 난장판이었다.

"어무이."

산이가 달려들자, 어머니는 무너지듯 바닥에 주저앉았다.

"무슨 일이고?"

어머니는 사시나무 떨듯 몸을 떨었다. 어머니 눈이 초점을 잃고 멍하니 허공을 보고 있었다. 짧게 잘라 볶은 머리는 수세미처럼 뒤죽박죽이었고, 볼록 나온 배는 할딱할딱 숨을 몰아쉬었다.

"어무이, 정신 차리라."

산이가 어머니 몸을 잡고 흔들었다.

"산…산이야. 우짜꼬? 우짜꼬?"

어머니는 산이를 붙들고 와들와들 떨었다. 어머니 이마에서 식은땀이 비 오듯 흘렀다.

"어무이, 물건을 훔친 기가?"

그러나 어머니는 희미하게 머리를 흔들었다.

"말 좀 해 봐라. 우리 선생님 줄라꼬 양담배 훔쳤나?"

그러자 어머니가 흐물흐물 웃었다.

"흐흐, 니 운동부에서 확실히 빠졌제? 미제 물건이 그리 좋은 기다."

"어무이, 미쳤나?"

산이는 이맛살을 찌푸렸다.

"그래, 어무이는 미쳤다. 미치지 않고 우찌 살겠노?"

어머니는 그 자리에 무너져 내렸다. 산이는 문득 조지 얼굴을 떠올렸다. 본국으로 돌아간 조지에게는 아직 편지 한 통이 없었다.

'헤이, 마운틴.'

조지는 가끔 농담으로 산이를 마운틴이라고 불렀다. 또 황소 뒷다리만 한 팔로 산이를 번쩍 안아 빙빙 돌리기도 했다. 그럴 때면 산이는 좋기도 하고 어색하기도 해서 얼굴이 화끈거렸다. 조지를 만나면 '하이, 조지. 땡큐, 조지' 인사하라고 어머니가 가르쳐 주었지만, 산이는 한 번도 그렇게 하지 못했다. 늘 그 말은 입안에서만 맴돌았다.

다정다감하던 조지가 그럴 리가 없다는 마음이 들면서도 친아버지도 처자식을 버리고 갔는데 조지인들 그러지 말란 법도 없다는 생각이 들었다. 그렇더라도 어머니 뱃속에는 조지의 아이가 자라고 있지 않는가.

"어무이, 조지한테 연락해라. 조지가 도와줄지 아나?"

그러자 어머니는 부스스한 머리를 설레설레 흔들었다.

"어무이, 엉? 어무이."

"다 끝났다."

"그기 무슨 말이고? 조지라면 틀림없이 도와줄 끼다."

산이의 가슴이 점점 큰소리로 쿵쾅거렸다.

"내가 바보지. 어리석은 년이지. 깜둥이한테 붙어서 팔자 고치려는 이년은 그만 팍 죽어 뻐리야 한다."

"대체 와 그라노?"

버럭 산이가 목소리를 높였다. 불룩불룩 터질 것 같은 울화통이 드디어 팍 터져버렸다.

"조오지? 개 조지다. 나쁜 자슥."

어머니가 입을 비쭉이며 웃었다. 산이는 뚫어져라 어머니 얼굴을 바라보았다. 어머니는 반 정신이 나간 사람 같았다. 문득 바람 한 점 들어오지 않는 방 안이 몹시 무겁게 느껴졌다. 답답해서 미칠 것 같았다. 어머니 얼굴은 땀인지 눈물인지 알 수 없는 액체로 번들번들 빛이 났다.

"가자마자 연락한다꼬? 에라이, 개자슥!"
순간 몸속 피가 한꺼번에 솟구쳐 머리로 올라오는 기분이었다. 얼굴과 목덜미가 한없이 더워지며 눈앞이 하얗게 변했다. 그러더니 모든 것이 멈춰 버린 듯 고요해졌다.
"얼레리꼴레리, 양갈보하고 깜둥이하고."
열린 대문으로 조무래기들이 해끔해끔 마당을 엿보며 합창을 했다.
투명한 가을 햇살이 마당 가득 쏟아져 내렸다. 미루나무에서 다시 가을 매미가 자지러지게 울기 시작했다. 산이의 귓속에서도 매미가 앵앵 울기 시작했다.
그때 어머니가 배를 움켜잡고 모로 쓰러졌다. 어머니 얼굴이 백지장처럼 창백해졌다.
"어무이, 어무이."
산이는 미친 듯이 어머니를 잡고 흔들었다. 이를 악문 어머니 입에서 고통스러운 신음이 흘러나왔다. 산이는 신발을 꿰신고 밖으로 뛰쳐나왔다.
대문 안을 힐끔하던 조무래기들이 파리 떼처럼 우르르 흩어졌다. 산이는 어디로 가야 할지 알 수 없어 눈앞이 캄캄했다. 등허리에서 식은땀이 쭉쭉 흘러내렸다.
대문 밖에 서서 발만 동동 구르다가 산이는 수한이가 살고 있는 양지고아원으로 내달았다.

든든한 친구

양지고아원에 수한이는 없었다. 운동을 하느라 아직 학교에서 돌아오지 않았기 때문이다. 고만고만한 아이들이 마당에서 놀고 있다가 숨을 헐떡이며 들어서는 산이를 무심하게 바라보았다.

산이는 다짜고짜 현관문을 밀고 안으로 들어섰다. 어디로 가서 누구를 불러야 할지 알지 못해 여기저기를 두리번거렸다. 그러는 사이, 여기저기서 조무래기들이 빼꼼빼꼼 얼굴을 내밀고 신기한 눈으로 산이를 힐금거렸다.

"원장 엄마, 누가 왔어요."

단발머리를 한 작은 계집아이가 종종거리며 달려가더니, '사무실'이라는 팻말이 붙어 있는 문을 열고 소리쳤다. 그러자 얼굴이 동그스름하고 눈매가 서글서글한 아주머니가 얼굴을 내밀었다. 산이는 꾸벅 허리를 굽혀 인사했다.

"저기요."

산이가 사무실 쪽으로 다가갔다.

"누구니?"

아주머니가 산이의 위아래를 훑어보며 다가왔다.

"지는 수한이 친군데예. 수한이 어머니 좀 찾는데예."

"내가 수한이 엄마다."

양인자 원장님, 수한이가 원장 엄마라고 부르는 분, 그분은 겉모습처럼 마음도 따스할 것 같았다.

양 원장은 두서없이 더듬거리는 산이 이야기를 귀담아들어 주었다. 산이가 '김수한'이라는 이름을 들먹이자, 곧 수한이가 자주 입에 올리던 아이라는 것을 알아차렸다. 그러고는 해산 준비를 위한 물품을 차근차근 챙겼다.

양 원장의 도움으로 어머니는 그날 밤늦게 아기를 낳았다. 사내아이라고 했다. 양 원장은 미군 부대가 주둔하고 있는 동두천에서 고아원을 운영하면서 산이 어머니처럼 혼혈 아기를 낳은 몇몇 여자를 이미 알고 있었다. 수한이도 그중에 하나였다.

"산이라고 했지?"

말없이 산이가 고개만 끄덕였다.

"내가 더 있었으면 좋겠지만, 그럴 수가 없구나. 네가 어머니를 돌봐 드릴 수 있지?"

산이는 고개를 끄덕였다. 양인자 원장은 그간의 사정을 어림짐작으로나마 꿰뚫고 있는 듯 안쓰러운 표정으로 산이의 머리를 쓰다듬었다.

양 원장은 피 묻은 옷들을 보자기에 싸고, 널려 있는 방 안의 옷가지들을 주섬주섬 치워 장롱 안으로 쑤셔 넣었다. 산이는 고맙다는 인사조차 못 하고, 고개만 숙였다. 까닭 없이 목구멍이 화끈거리며 눈시울이 더워졌다.

"수한이와 같이 있으렴. 조금이나마 힘이 될 거다."

수한이 이름을 듣자, 산이는 가슴이 따끔거렸다. 단단히 삐친 수한이가 원장님 말처럼 순순히 같이 있겠다고 할 것 같지 않았다. 그런 생각이 들자 더욱 눈물이 났다.

원장님이 떠나고 나서, 산이는 쭈뼛거리며 방 안으로 들어갔다. 피비린내인지 젖비린내인지 근원을 알 수 없는 비릿한 냄새가 코끝을 파고들었다.

"어무이."

어머니를 불렀지만 목이 메어 소리가 되지 않았다. 어머니 옆에는 까맣고 쪼글쪼글한 아기가 얇은 이불에 싸여 새근새근 잠을 자고 있었다. 아기라면 뽀송하고 예뻐야 할 텐데, 그 아기는 어쩐지 징그러운 벌레 같아 산이는 아기 쪽으로 눈길을 돌리지 않았다. 어머니는 기진맥진한 듯 눈을 뜨지 못했다.

"어무이."

산이는 퍼뜩 불안한 마음이 들어 어머니를 흔들었다. 그러자 어머니 눈가에서 눈물이 주르르 흘러내렸다. 산이는 그제야 안도의 한숨을 쉬었다.

산이는 어머니 손을 가만히 쥐었다가 놓았다. 그리고 부엌으로 나왔다. 양 원장님이 미역국을 안쳐 놓았기 때문이다. 매캐한 연탄 가스 냄새와 함께 미역국이 보글보글 끓기 시작했다. 구수한 냄새에 침이 꿀꺽 넘어갔다. 돌이켜보니 점심부터 내리 굶었다. 산이는 국자로 미역국을 떠서 맛을 보았다. 고소하고 구수했다.

산이는 소반에 김이 오르는 미역국과 찬밥을 챙겨 들고, 방으로 들어갔다.

"어무이, 국 좀 묵어라."

그러나 어머니는 눈을 감은 채, 들은 척도 하지 않았다.

"와 이라노? 어무이도 죽고 싶나?"

몇 번 더 채근하다가, 산이는 참다못해 와락 이불을 걷어 젖혔다. 이불을 걷자 비릿한 냄새가 코를 찌르며 방 안으로 확 풍겨 나갔다.

"이놈아가 와 이라노?"

어머니가 얼굴을 찌푸리며 간신히 몸을 일으켰다. 어머니 몰골은 말이 아니었다. 핏기라고는 없는 얼굴에 눈은 움푹 꺼졌고, 머리는 산발이었다.

"어무이, 미역국이다. 좀 묵어 봐라."

산이가 숟가락을 들어 어머니 손에 쥐여주었다. 어머니는 초점을 잃은 눈으로 산이를 물끄러미 바라보았다. 한참 만에 정신을 차린 어머니가 입을 열었다.

"누고?"

"내 친구 수한이 어머니다. 내가 불러왔다."

"고맙코로."

어머니는 더 이상 아무 말도 하지 않았다.

"국 식는다. 어서 묵으라."

산이는 소반에서 미지근한 미역국을 들어 어머니 턱밑에 대 주었다. 그러자 어머니가 마지못해 국에 수저를 대었다. 어머니가 천천히 미역국 한 그릇을 다 비우자, 기다렸다는 듯이 아기가 앵앵 울었다. 어머니가 화들짝 놀라며 아기를 보았다. 마치 아기를 처음 본 듯한 생경한 표정이었다. 잠시 후 어머니 얼굴이 복잡하게 일그러졌다. 산이 역시 콩알만 한 얼굴을 있는 대로 찡그리며 우는 아기를 물끄러미 바라보았다. 도무지 현실 같지 않고, 마치 꿈을 꾸는 것 같았다.

남폿불이 까만 아기 얼굴을 희미하게 비추며 너울을 만들어 냈다.

"후유."

어머니가 깊게 한숨을 쉬었다. 아기가 두 팔을 버르적거리며 울었다. 앵앵거리는 울음소리도 커졌다.

"아기가 운다."

산이가 얼굴을 찡그리며 어머니를 바라보았다. 그러나 어머니는 뚫어져라 벽 쪽으로만 눈길을 두었다. 벽에는 남폿불 빛이 만들어 낸 어머니 그림자가 커다랗게 괴물처럼 자리 잡고 있었다. 산이는 왠지 자꾸 두려워졌다.

"내가 뭔 일을 저질렀는고?"

어머니가 머리를 흔들었다.

"아아!"

어머니가 두 손으로 머리를 쥐어뜯었다. 산이는 몸부림치는 어머니를 한동안 바라보다가, 나직하게 말했다.

"어무이, 그러지 마라."

동시에 갓난아이가 악을 바락바락 쓰며 울어 댔다. 울음소리가 방 안을 짜랑짜랑 울렸다. 아기는 건강한 모양이었다.

"자꾸 운다. 우째야 되노?"

산이가 안절부절 어쩔 줄 몰라 했다. 그제야 어머니는 아기 쪽으로 눈을 돌렸다. 아기가 작은 입을 쫑긋대었다. 젖을 찾는 모양이었다. 어머니는 아기를 안고 젖을 물렸다. 아기는 작은 입으로 도리질을 치다가 겨우 젖꼭지를 찾아 물었다.

"꼴깍꼴깍."

어찌나 힘차게 젖꼭지를 빨아 대는지 젖 넘기는 소리가 고요한 방 안을 울릴 정도였다. 아기는 고사리 같은 손을 허우적거리다가 어머니 저고리 섶을 꼭 움켜쥐었다. 산이는 왠지 가슴이 먹먹해지며 뻐근해졌다. 자꾸 수한이 얼굴이 아기 얼굴에 겹쳐 보였다. 수한이도 저런 모습이었을까?

한참 동안 젖을 빨던 아기는 배가 부른지, 어머니 젖에서 입을 툭 떼었다. 그러더니 다시 잠이 들었다. 잠든 아기를 보니 조금 전에 느꼈던 어색한 감정이 꽤 엷어졌다. 대신 인형처럼 작은 갓난아기가 신비로웠다.

"이름을 뭐라 할 끼고?"

산이는 아기를 불러보고 싶었다. 어머니는 대답하지 않았다. 어머니 품에서 새근새근 잠을 자고 있는 아기를 한참 동안 들여다보고 있던 산이가 장난스럽게 입을 열었다.

"물이, 어떻노? 내가 강산이니까 야는 강물, 산과 물, 안 좋나?"

산이의 넉살에 어머니가 피식 웃음을 물었다.

"자슥, 지랄한다."

어머니가 눈을 흘겼다.

"와 안 좋나? 강물. 흐흐흐. 물아."

소리 내어 부르다가 산이는 고개를 저었다.

"이상하다. 강산이는 어울리는데 강물은 영 아니다. 그럼 뭐라고 지음 좋겠노?"

문득 조지 얼굴이 떠올랐다. 만일 조지가 옆에 있었다면 서양 이름을 지어 주지 않았을까? 산이 얼굴이 굳어지며 미소가 사라졌다.

느닷없이 어머니가 나지막하게 속삭였다.

"미안하다. 경호야."

오랜만에 어머니가 산이를 '경호'라고 불렀다.
"경호야, 미안해."
어머니가 울컥 눈시울을 붉혔다. 최경호! 산이는 그 이름이 낯설어서 가슴이 서늘해지면서 팔뚝에 소름이 쭉 돋았다.
삐거덕 대문 열리는 소리가 나며 인기척이 들렸다.
"강산, 강산!"
수한이 목소리였다. 산이는 방문을 박차듯 열고 마루로 나갔다. 거짓말처럼 수한이가 대문 안으로 쑥 들어서며 소리를 질렀다.
"산아!"
"김수한!"
어머니 앞에서는 참았던 눈물이 수한이 앞에서 왈칵 쏟아졌다. 마치 오래전에 잃어버린 피붙이를 만난 것처럼 뭉클하고 반가웠다. 산이가 마당으로 내려서며 수한이를 덥석 껴안자, 수한이도 산이의 어깨를 그러안았다.
"오늘 밤 여기서 너랑 잘 거야. 원장 엄마가 그러라고 했다."
수한이가 산이의 어깨를 놓으며 씩 웃었다. 수한이의 웃음은 운동장 가에 버티고 있는 느티나무처럼 든든했다.
"그래, 이눔아야."
산이가 수한이 손을 잡고 히히, 웃었다. 왠지 수한이만 옆에 있으면 어떤 어려움도 다 이길 수 있을 것 같았다.
산이는 부엌에서 수한이와 함께 뜨거운 미역국에 찬밥을 말아

먹었다.

"미역국 먹으니까 꼭 우리가 아기 낳은 것 같다."

수한이가 키득키득 웃었다. 산이도 킥킥 웃었다. 산이와 수한이가 부엌에서 나왔을 때, 자정 사이렌이 앵앵거리며 요란하게 울었다.

어머니가 있는 방 안은 조용했다. 아기도 깊게 잠이 들었는지 아무 기척이 없었다.

어무이, 어딨노?

 산이는 며칠 동안 학교에 가지 않았다. 어머니 대신 밥을 하고, 기저귀를 빨았으며 양 원장님이 일러 준 대로 미역국을 끓였다. 어머니는 산이가 끓여 온 미역국을 보더니 눈시울을 붉혔다.
 "미안타. 못난 어미 때문에."
 "무슨 말이 그렇노? 어서 묵으라."
 어머니는 아기를 위해서 미역국을 먹었다. 덕분에 아기도 무럭무럭 잘 자라는 것 같았다. 쭈글쭈글 괴물처럼 못나 보였던 아기는 날이 갈수록 포동포동 살이 올랐다. 그런대로 평온한 날이 흘렀다.
 일주일째 되는 날, 어머니는 산이가 끓여 온 미역국을 산이 쪽으로 밀었다.
 "얼른 묵고 학교 가그라."
 "학교 안 갈 끼다."

학교 말이 나오자 산이는 웬일인지 어머니에게 어깃장을 놓고 싶어졌다. 양담배 사건이 있고 난 뒤부터 김준식 선생 얼굴이 보기 싫어졌고, 학교에 정나미가 떨어졌다.

"이늠아가 뭐라카노?"

어머니 목소리가 한풀 높아졌다. 순간 산이는 욱하고 부아가 치밀었다.

"어무이, 와 도둑질을 했노? 내 때문이가?"

"도둑질? 누가 도둑질을 했다고 그라노?"

어머니가 목소리를 높이며 산이를 노려보았다. 그러나 어머니의 눈길이 흔들리고 있음을 산이는 놓치지 않았다.

"그럼 아니가? 양담배 갖고 와서 우리 선생님에게 안 줬나?"

"그건 그랬다. 니 핸드볼 빼 달라꼬. 그기 잘못이가?"

순간 느물거리는 김준식 선생의 얼굴이 떠올랐다. 어머니가 양갈보라는 걸 광고하듯 티 낼 건 뭐냐며 대들 뻔했다. 그러나 산이는 다른 말로 어머니를 다그쳤다.

"지프차 타고 온 사람들이 그러더라. 어무이가 도둑질했다고. 사실이가?"

검은 바지에 흰 셔츠를 입은 사람들을 떠올림과 동시에 '빨갱이'라는 말도 생각났지만, 산이는 그 말만은 입에 올리지 않았다.

"도둑질한 거 아이다. 부대에서 나온 물건을 클럽에서 싸게 사서, 동두천 시장에서 이문 남기고 비싸게 넘기는 거뿐이다. 그러니 어미는 장사를 한 거뿐이다. 알긌나?"
 어머니가 산이에게 확인하듯 물었다. 그러나 산이는 알고 있었다. 누군가가 부대에서 몰래 물건을 **빼내서** 싼값에 파는 물건을 어머니가 다시 사서 이문을 남기고 팔았다는 것을.
 동두천에는 그런 사람들이 꽤 많다는 것도 산이는 알고 있었다. 설사 어머니가 직접 물건을 몰래 **빼내** 오지 않았더라도 엄연히 그 행위는 불법이었다.
 "미제 물건을 와 팔았노? 그거는 죄 아이가?"
 "비행깃값 마련하려면 그 방법밖에 없다."
 어머니 입술이 파르르 떨렸다.
 "뭐라꼬? 그렇게 미국 가고 싶나?"
 "미친놈, 그래야 니가 산다 안 했나?"
 어머니가 악을 바락 쓰며 산이를 노려보았다. 산이는 어머니 서슬에 입을 다물었다.
 "비행깃값도 값이고, 우리 셋이 미국 가서 굶어 죽지 말아야 할 거 아이가?"
 어머니가 한숨 쉬듯 중얼거렸다. 산이는 할 말을 잃었다.
 '조지는…. 조지는 왜 비행깃값을 안 보내 주는 건데?'
 산이는 마음속으로 몇 번이고 어머니에게 따져 물었지만, 입 밖으로 내놓지 못했다. 어머니와 조지는 이미 끝난 사이라는, 불길한 생각이 고개를 쳐들었기 때문이다. 갑자기 오소소 소름이 돋았다.

산이는 괴로워하는 어머니에게 더 이상 묻지 않고 방을 나왔다. 마당에는 햇살이 가득했다. 햇살은 따스했지만, 바람은 제법 서늘했다. 어느덧 겨울이 성큼 들어와 있었다.

대문 밖 골목에서 아이들의 재잘거리는 소리가 들렸다. 등교하는 아이들이었다. 산이는 달려가 비스듬히 열린 대문을 소리 나게 쾅 닫았다.

뒤뜰에 있는 노란 오동나무 잎이 투둑투둑 떨어지기 시작했다. 제법 쌀쌀한 저녁이었다. 하얀 셔츠에 검은 바지를 입은 사람 서넛이 또다시 들이닥쳤다. 지난번에 얼핏 봤던 사람들은 아니었으나 같은 계통에 있는 사람들임에는 분명했다.

"어머니 계시지?"

각진 얼굴을 한 사내가 산이를 쏘아보며 물었다.

"저어, 아기를 낳으셨는데예?"

산이는 그들을 얼른 막아섰다.

"흐흐흐. 그새 낳았군."

"그럴 줄 알았어. 아주 계획적으로 접근했군."

그들은 막아서는 산이를 아랑곳하지 않고 성큼 마루로 올라섰다.

"누고?"

어머니가 문을 열었다. 어머니는 이미 그들이 누구인지 알고 있었다는 듯 당황한 기색이 아니었다.

"너는 나가 있어라."

키가 훌쩍 크고, 콧수염이 난 사람이 산이에게 말했다. 그 말에는 무게가 잔뜩 실려 있어서 산이는 찔끔해서 밖으로 나올 수밖에 없었다. 그들은 한참 동안 방 안에서 어머니와 무슨 이야기를 주고받는 것 같았다. 산이는 안방 창문 밑에 서서 방 안의 낌새에 귀를 기울였다. 무어라 윽박지르는 것 같기도 하고, 숨죽여 무어라 대꾸하는 어머니 목소리도 들렸다. 그러나 정확한 대화는 알아들을 수 없었다.

사람들이 돌아가고 나서 어머니는 한동안 넋 나간 사람처럼 앉아 있다가 산이에게 나지막하게 말했다.

"산이야, 니 정신 똑바로 채려야 한데이. 조지한테 편지 보냈으니 곧 연락이 올 끼다. 그라믄 우리 모두 미국으로 가는 기다. 알겠나?"

어머니는 불안해 보였다. 미국으로 가기 싫다고 말할 수 있는 처지가 아니란 걸, 산이는 짐작으로 알았다. 가슴속에서 서늘한 바람이 불었다. 그날 이후 어머니는 눈이 빠지게 조지의 편지를 기다리는 눈치였지만, 조지에게서는 아무런 연락이 없었다.

그렇게 시간은 흘러갔다. 수한이는 가끔 옥수수빵을 들고 산이를 찾아왔다. 산이는 건넌방에서 수한이가 가져온 옥수수빵을 먹었다.

"맛있다."

산이가 옥수수빵을 다 먹자, 수한이가 조심스럽게 물었다.
"나도 아기 보고 싶다."
그제야 산이는 그동안 수한이가 아기를 한 번도 보지 못했다는 사실을 떠올렸다. 괜스레 수한이에게 미안한 마음이 들었다.
"지금 보러 가자."
산이가 수한이 손을 잡아끌었다.
"부정 타면 어떡하지?"
"부정? 부정이 뭐꼬?"
"아기한테 안 좋은 거."
"니가 보는데 와 부정이 타노? 괘않다."
산이의 말에 수한이가 어깨를 으쓱했다.
"그럼 이따가 너희 엄마 변소 갈 때 몰래 보고 오자."
둘은 건넌방에서 놀면서 안방에 귀를 기울였다. 마침내 어머니가 변소에 가는 기척이 느껴졌다. 산이는 문틈으로 어머니가 뒷마당으로 돌아가는 것을 확인하고는 수한이에게 눈짓을 했다.
"됐다. 가자"
산이와 수한이는 나는 듯이 마루를 가로질러 안방으로 들어갔다. 아기는 침대 위에 반듯이 누워 자고 있었다. 조그만 입을 오물거리다 이따금 얼굴을 찡그리는 모습이 신기했다.
"아기는 하루 종일 잠만 잔다."
산이가 불만스러운 목소리로 말했다. 그리고 잠에서 깨라는 듯이 아기의 볼을 손가락으로 톡톡 두들겼다. 아기가 얼굴을 찡그리더니 주먹을 꼭 쥔 손으로 얼굴을 한번 훑었다. 이맛살을 찡그리며 입을 오물거리는 모습이 우스웠다. 아기는 꿈지락대다가 이내 다시 잠에 빠졌다.

"히히."

산이가 웃으며 수한이를 돌아보았다. 그러나 수한이는 뜻밖에도 멀찌감치 서서 얼굴을 찡그렸다. 울듯 말듯 묘한 표정이었다.

"니 뭐 하노?"

산이가 수한이를 툭 쳤다.

"니 동생… 깜둥이야?"

수한이가 겁먹은 표정으로 더듬거렸다. 그제야 산이는 수한이가 무슨 생각을 하는지 어렴풋이 짐작이 갔다.

"그래, 나는 야가 니 닮아서 좋다."

산이는 아기에게 다가가 꼭 쥔 손을 어루만졌다.

"아이 씨."

수한이가 묘한 신음을 냈다.

"와? 니 닮아서 기분 나쁘나?"

산이가 농담처럼 물었다. 그러나 수한이는 선뜻 대답하지 않았다.

"니 참말로 와 그라노?"

그러나 수한이는 대꾸도 하지 않고 밖으로 나갔다. 산이가 급하게 뒤따라 나가다가 마침 변소에서 돌아오는 어머니와 마주쳤다.

어머니는 무슨 일이냐는 듯 눈짓으로 물었다. 산이 역시 어머니 눈짓을 모르는 체하고, 수한이를 따라갔다.

"수한아, 수한아."

산이가 빠르게 다가가 수한이 어깨를 낚아챘다. 뜻밖에도 수한이의 큰 눈에는 눈물이 한가득이었다.

"니 우나?"

"우이 씨, 나도 모르겠다. 왜 눈물이 나는지….."

수한이는 주먹으로 눈두덩을 비볐다. 수한이 코에서 콧물이 쭉 빠져나왔다. 여느 때 같으면 "히히, 이눔아야, 니 콧물 나온다" 하며 웃었겠지만, 웃음은커녕 가슴이 먹먹해졌다.

산이는 말없이 수한이 손을 힘을 주어 잡았다. 말하지 않아도 수한이 마음이 어렴풋이 짐작이 갔기 때문이다.

"동생 이름 지었어?"

느닷없이 수한이가 물었다.

"응?"

그러고 보니 아직 이름을 짓지 않았다. 동생이 태어나던 날 '강물'이 어떠냐고 장난스럽게 말한 적은 있었지만, 그 후로 아기 이름을 짓는 걸 까마득하게 잊고 있었다. 희한한 일이었다. 어머니 역시 동생의 이름을 심각하게 고민하는 것 같지 않았다. 산이는 고개를 저었다.

"아직 못 지었다. 어무이가 조지한테 물어 지을랑가 모르겠다.

니 조지 알제? 내가 얘기했제?"

수한이가 고개를 끄덕였다.

"조지한테서 연락이 오면 우리 모두 미국 간단다."

산이는 풀썩 얘기를 해놓고 자기도 모르게 한숨을 쉬었다.

"뭐, 미국 간다고?"

수한이가 펄쩍 놀랐다. 수한이가 섭섭하게 여기리라 짐작은 했지만, 그렇게 펄쩍 뛸 줄은 몰랐다.

"수한아!"

산이가 다가가려 하자, 수한이는 성큼 뒤로 물러섰다. 수한이 얼굴이 울 듯 말 듯 일그러졌다. 그러더니 몸을 휙 돌려 뛰어갔다.

"수한아, 수한아."

산이가 뒤따라가며 소리쳤지만, 수한이는 대답도 하지 않고 앞으로 내달렸다. 산이는 멍하니 수한이가 사라진 골목 끝을 바라보았다. 가슴속에서 찬바람이 일었다.

"미안하다. 내도 어쩔 수 없다."

전학을 왔던 일, 수한이와 핸드볼을 하며 재미있게 놀던 일…. 산이는 학교 다녔던 일이 까마득한 옛일처럼 여겨졌다.

시간을 알 수 없는 깊은 밤이었다. 왠지 선득한 기분이 들어 산이는 잠에서 깨었다. 창호지 문 틈새에서 찬바람이 횡횡 들어왔다. 불을 넣지 않은 방 안은 몹시 썰렁했다. 밤사이 기온이 뚝 떨어진 것 같았다. 산이는 잠자리에서 일어나 창문 가로 갔다. 휭휭 바람 소리와 함께 투둑투둑 비 듣는 소리가 제법 요란했다.

'비가 오나?'

산이는 여닫이창을 살짝 열어 밖을 내다보았다. 아니나 다를까, 문을 열자 찬비가 들이쳤다.

'앗, 차가워.'

비를 머금은 늦가을 바람은 떨어진 낙엽을 그러안고 장난을 치듯 들까불고 있었다.

산이는 문득 어머니 옆이 그리워졌다. 연탄불을 지피지 않아 어머니가 있는 방 안도 춥겠지만, 그래도 어머니와 아기 옆이라면 한결 따스할 것 같았다. 산이는 베개를 들고 마루를 건너 안방 문을 열었다. 희끄무레한 방 안을 더듬으며 산이는 어머니가 있는 이부자리 곁으로 다가갔다.

"어무이!"

뜻밖에도 어머니가 있어야 할 자리는 텅 비어 있었다.

'변소에 가셨나?'

산이는 어둠 속에서 이부자리를 더듬다가 그만 아기 얼굴을 건드리고 말았다.

"으앵으앵."

아기가 자지러지는 소리로 울기 시작했다. 산이의 가슴이 툭 내려앉았다. 까닭 없이 가슴이 벌렁거렸다.

산이는 급하게 밖으로 나왔다. 가랑비였던 빗발이 그사이 제법 굵어졌다. 바람은 여전히 횡횡 요란한 소리를 내며 을씨년스럽게 얼굴로 몰아쳤다.

"어무이, 어무이. 어딨노?"

불길한 예감에 산이는 봉당으로 내려서며 큰 소리로 어머니를 불렀다. 그러나 바람 소리만 요란할 뿐 어머니 기척은 어디에고 느껴지지 않았다. 산이는 우선 변소가 있는 뒤꼍으로 가 보았다. 밤이면 방 안에 요강을 놓고 소변을 보기 때문에 밤 똥을 누지 않는 이상에는 변소에 갈 일이 사실 없었다. 빗줄기는 점점 굵어져 옷 속으로 스며들었다. 오슬오슬 몸이 떨렸지만, 그건 추위 때문만이 절대 아니었다. 산이는 컴컴한 변소 앞에 섰다. 판자로 이은 낡은 변소 문이 희끄무레하게 떠서 마치 귀신처럼 보였다. 추위와 무서움으로 몸이 떨렸지만, 산이는 아랫배에 힘을 주었다.

"어무이, 어무이. 안에 있나?"

안에서는 아무 기척이 없었다.

"어무이, 어무이."

한 번 더 소리를 높여 불러 보았으나 역시 기척은 없었다. 속에서 울음이 먼저 치받쳤지만, 산이는 이를 악물고 변소 문을 확 잡아당겼다. 구린내가 코를 찔렀다. 어머니는 변소 안에 없었다. 산이는 몸을 돌려 빗속을 뚫고 안방으로 허겁지겁 들어왔다. 혹시 그동안 어머니가 돌아왔을지도 모른다는 기대감이 잠시 무서움을 잊게 했다.

아기는 여전히 악을 쓰며 울었고, 사방은 어둠뿐이었다. 그러나 어머니는 없었다!

산이는 온몸을 부들부들 떨기 시작했다. 울음이 쏟아져 나왔다. 다시 마당으로 구르듯 달려 나와 대문 밖을 향해 소리쳤다.

"어무이, 어무이! 어데 갔노?"

그러나 어머니는 어디에도 없었다. 요란한 빗소리만이 골목 안에 그득했다.

산이는 흠뻑 젖은 옷을 입은 채 아기 옆에 누웠다. 아기가 악을 쓰고 울어 대는 바람에 어쩔 수 없었다. 산이는 토닥토닥 아기의 가슴을 두드렸다.

'자장자장, 아가야, 네가 자면 어무이가 올 끼다. 자장자장.'

아기의 가슴이 작은 새가슴처럼 할딱거렸다. 그러다 산이는 아기와 함께 까무룩 잠에 빠져 들었다.

산이는 제 풀에 놀라 퍼뜩 잠에서 깨었다. 어느새 방문이 희부옇게 밝았다. 그러나 어머니 자리는 여전히 텅 비어 있었다.

산이는 아기가 깰까 봐 살그머니 몸을 빼내 밖으로 나왔다. 간밤에 요란스럽게 내리던 비는 거짓말처럼 멈췄다. 하늘 저편에서 파르스름한 새벽빛이 물러나며 붉은빛이 번지고 있었다. 다시 두려움이 온몸을 휘감아 왔다.

'어무이, 제발….'

산이는 마루를 내려와 무심코 부엌문을 열었다. 한 걸음 안으로 내딛다 기겁하며 외마디 비명을 질렀다.
"어무이!"
어머니는 바닥에 그렇게 쓰러져 있었다. 하얀 속치마와 하얀 속적삼인 채, 입 가장자리에는 허연 거품을 물고서.

내가 죽어야 네가 산다

어머니의 장례는 장례랄 것도 없이 허겁지겁 치러졌다. 양 원장님이 고아원 사람들을 데리고 와서 어머니를 한 줌의 재로 만들었다. 어머니는 양지고아원 뒷산 소나무 숲에 뿌려졌다.

장례를 마치고 산이는 아기와 함께 고아원에 수용되었다. 산이의 머릿속 시계는 그날 아침, 부엌에서 어머니를 보았던 순간에 그대로 머물러 있었다. 하얀 속치마, 하얀 속적삼, 창백하다 못해 파르스름한 어머니 얼굴…. 그날 어머니의 속옷은 유난히 하얗고 깔끔했다. 양잿물을 넣어 폭폭 삶아 여름 햇볕에 바짝 말린 옥양목처럼 산이의 머릿속도 그렇게 하얗게 바랬다.

"우선 우리와 같이 지내자. 나중 일은 나중에 생각하자."

양 원장님이 산이의 어깨를 토닥였을 때도 산이는 아무런 반응이 없었다.

"어머니, 산이가 이상해요."

수한이가 걱정스러운 눈으로 양 원장을 바라보았다.

"충격이 커서 그럴 거야. 당분간 수한이 네가 따라다니며 잘 지켜야 한다."

수한이는 산이를 마치 친형처럼 곁에서 보살폈다. 산이는 수한이가 이끄는 대로 식당으로, 마당으로 따라다녔지만, 허깨비처럼 몸 따로 마음 따로였다.

며칠이 지난 저녁이었다. 양 원장이 산이를 원장실로 불러 편지 한 통을 보여 주었다.

"어머니가 내게 편지를 보냈더구나. 오늘 받았다. 너도 알아야 할 일이다."

양 원장은 편지지를 펴서 산이 앞으로 내밀었다. 하얀 편지지에 만년필로 또박또박 쓴 글자들이 눈에 들어왔다. 어머니의 글씨는 쭉쭉 뻗은 달필이었다. 글자들은 흐트러짐 없이 가지런했다. 어머니는 언제부턴가 죽음을 준비했던 것이다.

산이는 편지를 멍하니 바라보았다. 그러자 양 원장이 편지의 내용을 간략하게 말해 주었다.

"어머니가 너와 아기를 내게 부탁하셨어. 그리고 집에 딸린 전세금을 처분해서 고아원 운영에 보태라는구나."

양원장은 편지지를 반듯하게 접어 봉투에 넣었다. 그리고 봉투를 산이의 바지 주머니에 넣어 주었다.

"어머니의 마지막 편지이니 잘 간직해라."

원장실을 나온 산이는 울지 않았다. 묵고 있는 복도 끝방을 향해 천천히 걸었다.

산이가 방문을 열자마자 머리 위로 쓰레기가 우르르 쏟아졌다. 산이를 골리려고 아이들이 문틀 위에 지저분한 쓰레기를 잔뜩 얹어 놓은 것이 분명했다.

"어디서 거지 같은 놈이 와서 지랄이야? 너 때문에 다리도 못 뻗고 자잖아."

같은 방에 있는 광철이가 아니꼬운 눈으로 시비를 걸었다. 그러자 수한이가 얼른 광철이를 막아서며 산이에게 말을 걸었다. 혹여 산이가 화를 낼까 봐 마음을 쓴 것이었다.

"산이야, 어머니가 왜 불렀어?"

그러나 산이는 수한이에게 눈길을 주지 않고 어깨 너머로 광철이를 노려보았다. 광철이는 중학생이었지만, 산이와 수한이보다 덩치는 작았다. 그러나 늘 산이와 수한이를 무시하며 형 노릇을 하려 들었다. 산이는 그동안 한 번도 광철이에게 대거리를 하지 않았다. 참았다기보다 무시했다는 것이 옳았다.

"형, 산이한테 그러지 마."

수한이는 광철이에게 '형'이라는 호칭을 정성 들여 붙였다.

"이놈이 네 동생이라도 되냐? 깜둥이도 아니잖아."

광철이가 수한이 머리통을 콕 쥐어박고, 귓불을 잡아 늘였다. 그러자 방 안에 있던 아이들이 킬킬 웃어 댔다.

"군기 잡아. 한 대 신나게 갈겨."

누군가 실실 웃으며 광철이를 부추겼다. 광철이가 주먹에 힘을 주며 피식 웃었다.

"광철이 형, 그러지 마."

수한이가 울상을 지으며 광철이를 말리려던 찰나였다.

"야아!"

벽력같은 소리가 산이의 입에서 포탄처럼 '펑' 터져 나왔다. 그와 동시에 광철이를 향해 산이의 머리통이 날아들었다. 눈 깜짝할 새에 광철이 몸은 맞은편 벽에 '쿵' 소리를 내며 힘없이 나가떨어졌다. 킬킬대던 아이들이 어리둥절해하는 사이, 산이는 번개처럼 광철이를 타고 앉았다. 그리고 사정없이 광철이의 머리와 몸으로 주먹을 날리기 시작했다.

"야, 말려, 말려."

아이들이 정신을 차리고 달려들었을 때는 이미 광철이 얼굴은 피투성이가 되어 있었다.

"산아, 산아."

수한이도 산이를 뜯어말렸다. 산이는 두 눈을 허옇게 부릅뜨고 씩씩거리며 아이들을 노려보았다.

"산아, 정신 차려."

수한이가 산이 어깨를 잡으려 하자, 산이는 거칠게 수한이를 뿌리쳤다. 갑작스러운 기세에 수한이가 주춤 뒤로 물러났다.
"우리 집에 갈 끼다."
산이는 번개처럼 문을 열고 뛰쳐나갔다. 수한이가 따라가려 하자 아이들이 수한이를 잡았다.
"야, 놔둬. 저 새끼는 미쳤어."
"저 새끼, 다시 데려오면 깜둥이, 너 내 손에 죽었어."
광철이가 피투성이가 된 입을 닦으며 씹어 뱉듯 말했다. 수한이는 걱정이 되었지만, 오늘은 산이를 그냥 두는 게 낫겠다는 생각이 들었다.
양지고아원을 뛰쳐나온 산이는 집으로 달렸다. 십 리는 족히 되는 거리였지만 그쯤은 문제가 되지 않았다. 산이는 달리면서 가슴을 치며 눈물을 훔쳤다. 못 견디게 어머니가 그립고 원망스러웠다.
"바보 멍충이 아이가? 죽기는 와 죽노?"
어머니가 옆에 있다면 마구 두들겨 패 주고 싶은 심정이었다. 산이는 눈물을 뿌리며 집으로 달렸다. 집에 가면 어머니가 아무 일도 없었다는 듯이 산이를 맞아 줄 것 같은 착각도 들었다.
'니 어디 갔다 이제 오노? 문디 자슥아.'
어머니 목소리가 들리는 듯했다. 산이는 쉬지 않고 달렸다. 숨이 턱에 닿아 산이는 대문을 밀었다.
"엇?"
뜻밖에도 대문에는 커다란 자물쇠가 채워져 있었다. 빈집이 털릴 것을 염려하여 양 원장이 마음을 써 놓은 것이 분명했다.
 산이는 여러 번 자물쇠를 벗겨 보려 애쓰다 담을 넘기로 했다. 시멘트 블록으로 쌓은 담은 겉보기에는 튼튼했지만, 오래된 담이라 허술한 데가 꽤 있었다. 그중 하나가 펌프가 있는 곳으로, 허드렛물을 내보내는 수챗구멍이었다. 언제부턴가 그곳에는 쥐가 드나들기 시작했고, 이웃집 고양이나 개도 자주 드나들었다. 산이가 안으로 들어가기에는 비좁았으나 요령만 있으면 어려울 것도 없었다. 산이는 배를 깔고 낮은 포복 자세로 기어서 마당으로 들어섰다. 썰렁한 마당을 지나 안방 문을 벌컥 열고 들어섰다. 어둠 속에서 어렴풋이 드러나는 살림살이들, 그러나 누군가 와서 들쑤셔 놓은 것처럼 아수라장이었다. 산이는 자기도 모르게 주먹에 힘을 주었다.
 "나쁜 놈들."
 누군가 옆에 있다면 분이 풀리도록 실컷 패 주고 싶었다. 이리저리 눈알을 굴리던 산이는 방바닥에 아무렇게나 누워 있는 가야금과 가얏고에 눈길이 머물렀다. 악기를 보는 순간 산이는 몸을 떨었다. 가야금 줄은 여러 개가 끊어진 채였고, 가얏고는 검은 천에 싸인 채 비스듬히 누워 있었다.
 '니 아부지가 보낸 기라 생각했다!'
 어머니 목소리가 들리는 듯했다. 산이는 무엇에 이끌리듯 떨리는 손으로 가얏고의 옷을 벗겼다.

'팅!'

산이의 손끝이 스치자 가얏고가 가볍게 울었다. 순간 울컥 울음이 터져 나왔다. 가얏고를 들어 올리자, 밑판에 붙어 있던 하얀 종이봉투가 툭 떨어졌다.

산이는 떨리는 손으로 봉투를 열어 편지지를 꺼냈다. 어두워서 글자가 보이지 않았다. 어스름하게 빛이 들어오는 창가로 가서 편지지를 펼쳐 들었다.

경호 보아라.

만년필이 아닌, 붓으로 쓴 어머니 글씨였다! 어머니는 가얏고 속에다 산이가 아닌 경호에게 하고 싶은 말을 숨겨 두었다.

너는 경주 최씨 집안의 자손이다.
네 아버지는 '갑' 자 '주' 자를 쓰시는 분이니 잘 기억하여라.
아버지와 아들이니 살아있으면 언젠가는 꼭 만날 날이 올 것이다.

조지 브라운이다. 원망스럽지만 그 이름 또한 기억해 다오.
데이빗을 부탁한다. 조지가 그렇게 불렀다.

죄 많은 어미를 절대 용서하지 마라.

내가 죽어야 네가 산다.

유서는 어머니 성격처럼 간단하고 명료했다.
'어무이!'
산이는 입을 막고 꺼이꺼이 울음을 터뜨렸다. 산이의 울음은 질기고도 깊었다.
다음 날 아침, 산이는 가얏고를 안고 양지고아원으로 돌아갔다. 그리고 고아원 아이들의 텃세를 묵묵히 견뎌 냈다. 학교에도 꿋꿋이 다녔지만, 점점 말이 없는 아이가 되어 갔다. 그렇게 산이는 국민학교를 졸업하고 중학생이 되었다. 그러는 동안 산이는 어머니가 죽음을 선택할 수밖에 없었던 몇 가지 이유를 알게 되었다. 미군클럽에 나온 물품으로 장사를 해 왔다는 사실이 밝혀져 조사를 받던 중, 어머니의 신상에 대한 비밀이 드러나기 시작했다. 즉 남편이 월북한 공산주의자라는 것이 밝혀질 위기에 처했던 것이다. 월북자의 자녀는 국가공무원이 될 수도 없었고, 좋은 자리에 취직도 할 수 없었고, 평생 꼬리표를 달고 중앙정보부의 감시 속에 살아야 한다는 것을 산이는 뒤늦게 알았다. 그것이 바로 '연좌제'라는 법이라는 것도.
'내가 죽어야 네가 산다.'
어머니는 산이가 '최경호'라는 이름을 영원히 숨기고, '강산'이라는 이름으로, 이 땅에서 보란 듯이 살기를 바랐던 것이다.

아버지의 가얏고

산이는 중학교 2학년이 되었다. 여름방학이 시작되자 양지고아원은 그야말로 김이 펄펄 나는 찜통이었다. 양철지붕은 뜨거운 햇볕을 고스란히 품었다가 밤이면 고스란히 아래로 내뿜었다. 가뜩이나 비좁은 방 안에 열댓 명이 겹쳐 자려니 언제나 땀으로 목욕을 할 수밖에 없었다.

그날도 산이는 더위로 잠을 설쳤다. 눈을 뜨자 야속한 8월의 태양이 다시 불을 내뿜기 시작했다. 그래서 아이들은 너 나 할 것 없이 조금만 스쳐도 짜증을 내었다.

"산아, 산아."

펌프질을 해서 푸득푸득 세수를 하는 산이를 미스 김 이모가 손짓해 불렀다. 물이 뚝뚝 듣는 얼굴로 산이는 미스 김을 돌아보았다. 미스 김은 어린 원아들을 보살피는 보모였는데 산이처럼 머리가 굵은 아이들은 '이모'라고 불렀고, 대복이처럼 어린아이들은 '엄마'라고 불렀다.

"원장님께 얼른 가 봐."

산이는 땀인지 물인지 모를 물방울을 손바닥으로 닦으며 원장실로 들어갔다. 문을 열자마자 후끈 달아오른 열기와 함께 오디처럼 까만 대복이의 얼굴이 눈에 들어왔다. 대복이는 산이의 동생, 데이빗의 한국 이름이다. 호적에 올리려면 데이빗 대신 한국 이름이 필요하다며, 원장 어머니가 '큰 大에 복 福'을 써서 지었다.

"엉아."

대복이가 산이를 보자 활짝 웃으며 뒤뚱뒤뚱 걸어왔다. 백옥처럼 하얀 이빨이 까만 피부와 대조되어 더욱 도드라져 보였다. 눈깔사탕처럼 큰 대복이의 눈에 눈물방울이 구슬처럼 달려 있었다.

"엉아, 엉아."

대복이가 세상에서 제일 먼저 배운 말이 '엉아'였다.

"대복아."

두 팔을 활짝 벌리며 산이는 대복이를 품에 안았다. 대복이 몸이 땀으로 끈적거렸다.

"산아, 인사드려라."

그제야 산이는 맞은편 안락의자에 앉아 있는 서양 사람을 바라보았다. 갈색 머리에 갈색 눈동자를 한, 얼핏 아주머니인지 할머니인지 구분이 잘 안 가는 여자였다. 여자는 산이에게 다정한 눈길을 주며 웃었다. 눈웃음 끝에 보이는 잔주름이 푸근해 보였다. 그러나 웬일인지 산이의 가슴은 벌써 두근거리기 시작했다.

"나이스 투 미트 유."

여자의 다정한 웃음과 인사말에도 산이는 미소 짓지 못했다. 자기도 모르는 사이 몸이 딱딱하게 굳어졌다.

"산이야, 이분은 홀트아동복지회를 통해 우리나라에 오신 빅토리아 버그만 씨야. 스웨덴에서 오셨단다."

산이는 본능적으로 대복이를 꽉 끌어안았다. 그러자 대복이는 산이의 품이 답답한지 벗어나려고 낑낑댔다.

"산이야, 이분이 대복이를 입양하고 싶어 한단다. 스웨덴은 우리나라보다 몇 배는 잘사는 나라야. 대복이는 그곳에서 학교도 다니고, 맛있는 것도 먹으며 행복하게 잘살 거야."

양 원장이 특유의 따뜻한 미소를 지으며 산이를 바라보았다. 산이는 대답하지 않았다. 다만 대복이를 놓치지 않으려는 듯이 대복이를 안은 팔에 힘을 주었다. 대복이가 빡빡한 산이의 품에서 빠져나오려 애쓰다가 마침내 울음을 터뜨렸다. 빅토리아가 두 팔을 내밀며 다정하게 오라는 손짓을 했다. 대복이가 도리질을 치자, 빅토리아는 손가방 안에서 쿠키를 꺼내 흔들었다. 뜻밖에도 대복이는 빅토리아 품으로 가서 답쏙 안겼다.

"대복아, 이리 와."

산이가 거칠게 대복이를 잡아끌었다.

"산이야, 그냥 둬라. 대복이가 과자를 좋아하잖아."

양 원장이 미안한 얼굴로 빅토리아를 곁눈질하며 산이를 말렸다. 산이는 속이 부글부글 끓었다. 멍청이, 바보 같은 자식, 거기가 어디라고. 콧물을 달고 쿠키를 맛나게 먹고 있는 대복이를 보니 산이는 부아가 치밀었다.

"지금 당장은 어렵겠지만, 시간을 두고 천천히 생각해 보자. 나는 이분과 좀 더 이야기를 나눌 테니 그렇게 알고 나가 있어라."

산이는 대복이를 데리고 원장실을 나왔다. 대복이는 산이의 손을 잡고 아장아장 걸었다. 대복이는 올해 만 세 살이 되었다. 대복이는 어머니가 없이도 잘 자랐다. 먹성도 좋았고, 성격도 좋았다. 낯가림이 심하고 매사에 꼬장꼬장한 산이와는 달리 붙임성이 좋아 누구에게나 잘 따랐다. 산이는 가끔 그런 대복이가 못마땅할 때가 있었다. 오늘도 그랬다.

산이는 대복이를 데리고 뒷산 소나무 숲으로 나왔다. 소나무 숲은 제법 시원했다. 이따금 바람도 솔솔 불었다. 산이는 마음이 울적할 때면 소나무 숲에 와서 시간을 보냈다. 한 줌의 재가 되어 소나무 숲에 뿌려진 어머니를 떠올린 것만은 아니었다. 그저 고즈넉하고 풍성한 숲이 좋았다.

대복이가 산이의 손을 놓고 되똥되똥 앞서서 걸었다.

"대복아, 넘어질라."

솔숲은 신발을 신고 밟으면 융단처럼 폭신하지만, 맨발이나 맨

살에 닿으면 따끔거렸다. 대복이는 몇 발짝 걷다가 주저앉아 솔방울을 주워 입에 넣었다. 무엇이건 손에 잡히는 게 있으면 입으로 가져가는 게 대복이의 습관이었다.

"대복아, 안 돼."

산이가 기겁하며 달려가 대복이의 손에서 솔방울을 뺏었다.

"으앙!"

대복이가 울음을 터뜨렸다. 산이는 대복이 입 가장자리에 묻은 솔잎을 털어 내고 등을 갖다 대었다.

"엉아, 어부바."

대복이가 울다 말고 냉큼 산이의 등에 업혔다. 그 바람에 대복이의 작은 발에 신겨진 낡은 운동화가 툭 떨어졌다. 발보다 신발이 큰 탓이었다. 고아원에서는 아무거나 먼저 신고 입는 게 임자였다. 잘못하면 양말은커녕 신발조차 없기 일쑤였다.

"대복아, 울지 마. 형아가 잘못했어."

산이는 대복이를 등에 업고 솔숲을 거닐었다.

"엉아, 엉아. 찌찌, 찌찌."

대복이가 산이의 목덜미를 끌어안으며 제가 먹던 흙을 가리켰다.

"그래, 찌찌. 더러븐 기라."

산이는 대복이의 작은 엉덩이를 토닥여 주었다. 대복이는 산이의 넓적한 등판에 얼굴을 묻었다. 아무리 숲이지만 한여름이었다. 이내 산이의 등에 진득한 땀이 배었고, 이마에서는 구슬땀이 뚝뚝

★ 163

떨어졌다.

"대복아, 니는 어무이 생각 안 나제?"

산이는 어머니 얼굴도 모르는 대복이가 안쓰럽고 불쌍했다. 산이는 대복이를 업고 숲을 거닐었다.

'어무이, 대답 좀 해 봐라. 내는 우째야 하노?'

산이는 소나무에 맘속으로 물었다.

'와 하필이면 스웨덴이고? 차라리 미국이었으면.'

그랬다면 마음이 한결 편할지 모르겠다. 언젠가는 거기서 대복이가 조지를 만날지도 모르는 일이 아닌가. 산이는 스웨덴이 미국과 멀리 떨어져 있는 나라라는 걸 알고 있었다. 지난봄에도 길순이라는 두 살짜리 아기가 스웨덴으로 입양을 간 적이 있기 때문이다. 양지고아원에서는 스웨덴, 노르웨이, 네덜란드라는, 일반 아이들이라면 듣지도 못한 나라 이름들에 이미 익숙한 터였다.

산이는 옆으로 누운 왕소나무 가지에 걸터앉아 등에서 대복이를 내렸다. 팬티도 없이 낡은 속옷 하나만 걸친 대복이의 몸은 이미 땀으로 범벅이 되어 있었다. 산이는 대복이를 무릎 위에 누이고, 토닥토닥 가슴을 두드려 주었다. 배불리 먹지 못한 탓에 대복이의 가슴은 예나 지금이나 새가슴이었다.

"산아."

언제 왔는지 수한이가 속삭이듯 작은 소리로 부르며 다가왔다. 산이는 대답 대신 수한이를 향해 빙긋 웃어 보였다.

"대복이 자네."
"응."
"얘기 들었어."
수한이가 한참 만에 입을 떼었다. 고아원에서는 비밀이 없었다. 소문도 빨랐다.
"응."
수한이도 마음이 착잡한지 더 이상 입을 열지 않았다.
"내도 모르겠다. 우째야 될지…."
잠이 든 대복이를 내려다보며 산이가 고개를 흔들었다.
"이다음에 어른이 되면 너하고 나하고…, 대복이 데리고 같이 살자."
수한이가 산이의 손을 꾹 잡았다. 지금까지 참았던 눈물이 왈칵 터졌다. 산이는 힘을 주어 수한이 손을 마주 잡았다. 대복이가 잠에서 깨어 찡찡거렸다.

길고 무덥던 여름방학이 끝나고 새 학기가 시작된 9월이었다. 학교에서 돌아오니 대복이가 활짝 웃으며 달려왔다.
"엉아, 엉아."
뜻밖에도 대복이는 새 옷과 새 신발을 신고 있었다.
"웬 거고?"
왠지 반가움보다 불길한 예감이 먼저 들었다. 현관으로 들어서

려는데 양 원장이 먼저 산이를 맞았다.

"산아, 반가운 소식이 있다."

"무슨…?"

"지난번에 오셨던 빅토리아 아줌마 기억하지?"

산이는 양 원장을 똑바로 바라보았다. 산이는 새삼스레 그녀도 그동안 많이 늙었다는 생각을 했다. 까만 머리보다 흰머리가 더 많아졌으며, 평생 화장품 하나 발라 보지 못한 얼굴은 나이보다 10년은 더 늙어 보였다.

"그분이 대복이와 너를 함께 입양하겠단다. 얼마나 좋은 일이니? 대복이와 같이 가게 되었으니."

산이는 놀라서 입을 벌렸다. 산이처럼 나이 먹은 아이가 입양되는 사례는 그동안 없었기 때문이다.

"산아, 이건 분명 좋은 일이야. 너도 알다시피 우리 고아원은 점점 운영이 어려워. 내가 가진 얼마 안 되는 재산은 바닥난 지 오래고, 고아원을 도와주는 독지가는 몇 되지 않고…. 산이, 너도 잘 알 거야."

양 원장의 얼굴이 순간 어두워졌다. 산이도 짐작으로 알고 있었다. 점점 아이들은 늘고, 그래서 점심은 거르는 일이 잦아지고 있다는 것도.

산이는 양 원장이 참 좋은 분이란 걸 알고 있다. 자기 몸보다 고아원 아이들을 먼저 생각하는 분이었다. 그런 원장님이 결코 자신을 나쁜 곳으로 몰아낼 사람은 아니란 걸 믿는다. 산이는 옆에서 놀고 있는 대복이를 바라보았다. 새 옷을 입고 새 신을 신은 대복이는 한결 씩씩해 보였다.

"산아, 스웨덴이라는 나라는 정말 좋은 나라야. 게다가 빅토리아 아줌마는 더없이 인자한 분이고…. 생각해 봐라. 우리 고아원에 있으면 고등학교 가기도 어려워. 그런데 거기 가면 대학까지 공부할 수 있어. 네가 하고 싶은 거, 마음껏 할 수도 있고. 빅토리아 아줌마가 약속했단다. 다만 네가 그곳에서도 대한민국이라는 나라를 잊지 않고 기억하면 돼. 여긴 네 어머니가 계시는 곳이잖니?"

어머니는 미국에 가면 행복하게 살 수 있으리라고 말했었다. 어머니는 미국이라는 나라가 세상에서 제일 행복한 나라라서 선택한 것이 아니었다. 다만 미국이 어머니가 알고 있는 유일한 외국이어서 그랬을 뿐이었다.

산이는 양 원장을 향해 고개를 끄덕였다.

한 달이 채 안 되어 모든 수속은 끝났다. 수한이는 산이가 떠나기로 결정했다는 소식을 들은 후, 내내 침울해했다. 산이가 무어라 말을 건네도 외면하기 일쑤였고, 통통거리며 어깃장을 놓기도 했다. 그런 수한이를 보는 산이도 편치 않았다.

짐을 꾸리다 산이는 오랫동안 처박아 두었던 가얏고를 어루만졌다. 고아원에 온 이후로 산이는 단 한 번도 가얏고를 잡지 않았다. 어머니 생각이 나서였다.
　산이는 가얏고를 들고 수한이에게 갔다.
　"이다음에 어른이 되면 꼭 돌아올게."
　"거짓말! 비행기를 타고도 하루 종일 간다는데 그게 쉬운 일이야? 비행깃값은 또 얼마나 비싼데."
　수한이는 계속 심통을 부렸다.
　"수한아, 이 가얏고는 우리 어무이고, 아부지, 그리고 내다. 이걸 니한테 맡길꾸마. 이제 내를 믿겠나?"
　뜻밖의 말에 수한이는 믿을 수 없다는 듯이 두 눈이 둥그레졌다.
　"김수한 이놈아야. 니 역시 내 목숨인 기라."
　산이가 울먹이며 수한이의 실팍한 가슴을 주먹으로 퍽 때렸다. 수한이의 큰 눈에 그렁그렁 고였던 눈물이 주르르 흘러내렸다.
　"내 꼭 돌아와서 이 가얏고를 찾아 갈 끼구마. 그때까지 잘 부탁한데이."
　마침내 수한이는 산이를 용서했다. 둘은 힘차게 부둥켜안았다.

작가의 말

오랫동안 묵혀 온 이야기다. 초고는 10년도 훌쩍 전, 문학박사 학위논문을 취득하기 위해 쓴 대하 아동소설이었다. 그러나 쉽게 세상에 내보이기 어려웠다. 초등학생을 대상으로 하기에는 주제가 너무 묵직했고, 어린 독자들이 소화하기 어려운 사회 정치적 문제가 걸림돌이었다. 오랜 고민 끝에 총 3부로 구성된 작품에서 일부만 청소년소설로 다듬어 출간을 의뢰하기로 했다. 흔쾌히 출간을 결정해 준 서해문집에 깊은 감사를 드린다.

산이의 이야기를 처음 떠올린 건, 전통 가야금 제작에 관심을 두고 여러 장인을 찾아 자료조사를 할 때였다. 당시 나는 우리 전통악기 제작법과 더불어 고난과 역경 속에서 전통악기 제작법을 지켜 내는 장인의 삶을 담은 작품을 쓰고자 했다. 그러나 왠지 명인의 손에서 태어난 명기의 울림에 자꾸 마음이 기울었다. 그러나 그 마음을 어떻게 글로 형상화해야 할지 막막할 즈음, 한 장의 오래된 흑백 사진을 마주했다.

전쟁 직후, 얼굴에 먼지를 묻힌 채 거리에 외롭게 앉아 있는 흑인 혼혈 아이였다. 그 순간 해방 이후 남북 이데올로기 대립으로 수많은 살생과 폭력이 난무하던 시기와 '연좌제', '양공주와 입양'이라는 단어들이 마치 파노라마처럼 스치며 이야기가 줄줄 이어졌다. '연좌제'란 가족이나 친인척 중에 간첩, 월북, 좌익 활동 경력이 있는 사람이 있으면 군·경 공무원 채용과 승진, 대학입시, 기업 입사 등에서 불이익을 주는 제도다. 법률로 명시되어 있는 제도는 아니었지만, 관행적으로 국가보안법 등과 연계되어 1945년 해방 이후 잔인하게 시행되어 오다가, 1997년 3월 공식적으로 폐지되었다. 그러나 수십 년간 잘못된 제도로 인해 수많은 사람이 고통받아 온 건 사실이었다.

산이는 상처로 점철된 비극의 시대에 태어났다. 유복한 가정에서 풍족한 삶을 누릴 수 있었으나, 거대한 풍랑 앞에 속수무책으로 내던져질 수밖에 없었다. 그의 아버지 '최갑주'는 가난한 자의 친구였고, 예술을 사랑한 이상주의자였지만, 이념의 길을 선택함으로써 가족에게 비극을 남겼다. 그의 어머니 '장정이'는 연좌제에 묶여 불행하게 살아가야 할 아들을 위해 불법으로 신분 세탁을 했고, 미군 병사를 이용해 희망의 끈을 쥐려 했지만, 그조차 여의찮았다. 월북자의 아내로서 정이의 삶은 잔인하고 혹독했다. 그러나 이 땅의 어머니들이 그러했듯 끈질기게 버티며 혼신을 바쳐 자식을 지키려고 했다. 나라의 주권을 빼앗겼을 때도, 해방 공간의 이념 갈등 속에서도, 동족상잔의 비극에서도 이 땅의 어머니들은 그렇게 온몸을 던져 자식을 지켰다. 산이는 그런 어머니를 이해할 수 없었고, 때로는 밉고 원망스러웠으나 누구보다 어머니의 사랑을 잘 알았기에 혼혈 동생, 대복이를 끝까지 지키려고 애썼다.

팍팍한 산이의 삶 속에서 유일하게 위안이 되었던 친구, 김수한. 둘은 피부색이 달랐지만, 비밀을 공유하며 서로의 전부가 되었다.

산이에게 가야금은 그저 소리를 내는 악기가 아니었다. 말하지 못한 사랑, 견딜 수 없는 그리움, 이 땅을 떠날 수밖에 없던 수많은 이의 슬픔을 가야금 속에 담았다. 산이는 어머니의 혼이 깃든 가야금을, 자신의 전부를 수한이에게 맡기고 떠난다. "반드시 돌아오겠다"라는 말을 남긴 채. 그 말은 약속이자 기도였고, 아직 끝나지 않은 이야기를 위한 시작이었다.

나는 산이가 자신의 삶을 잘 견디고 극복하기를 바랐다. 그리고 약속대로 밝고 환한 얼굴로 이 땅으로 돌아오기를 기원했다.

혹시 누군가 마음 한구석에 세상이 내 자리를 허락하지 않는다고 느낀다면, 산이의 이야기가 아주 작게나마 위로가 되었으면 좋겠다. 우리는 태어날 세상을 선택할 수 없지만, 그 속에서 어떻게 살아갈지는, 우리가 만들어 갈 수 있으니까.

그리고 산이처럼 '돌아갈 수 있는 나만의 공간'을 만들어 가기를 바란다.

남한강이 보이는 서재에서,
2025년 여름 원유순